9-9

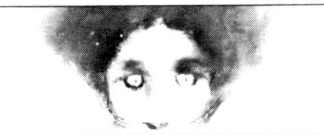

Muertas enamoradas
(relatos fantásticos)
Théophile Gautier

Edición,
traducción
y prólogo
de Marta Giné

Lumen
Pocas
Palabras

Diseño: Ferran Cartes / Montse Plass

Publicado por Editorial Lumen, S.A.,
Ramon Miquel i Planas, 10 - 08034 Barcelona

Primera edición: 1999

© de la selección, la traducción y el prólogo: Marta Giné

ISBN: 84-264-2319-1
Depósito legal: B. 30.262-1999
Printed in Spain

Prólogo

Gràcies per compartir aquest moment amb nosaltres. Ens va encantar tenir-te aqui.
Fins aviat.

Neo Bistro.

Gautier:
un «fantástico» vigente
y muy personal

> *El amor es más fuerte que la muerte,*
> *y acabará por vencerla.*
> «La muerta enamorada»
>
> *No estamos verdaderamente muertas*
> *mientras somos amadas.*
> «Arria Marcella»

Cuentos fantásticos... quizás una de las formas más perfectas creadas por el arte literario para decirnos la necesidad humana de violar las regularidades inmutables, de explicar las cosas al revés, de evocar la vida cotidiana más banal perturbada, de manera imprevista, por un ser o un objeto, que, con métodos inquietantes –cuando no terroríficos–, compromete la serenidad de ese mundo diario, mundo cuya existencia queda como mínimo escarnecida y, la mayor parte de las veces, anulada.

Gracias al género fantástico, el lector –subrepticiamente preparado por el genio del escritor, que se guarda mucho de mostrar abiertamente la inminencia del escándalo; al contrario, en principio, lo disimula recurriendo al buen sentido común o a la razón– entra en un universo diferente, que puede angustiarle u horrorizarle: en cualquier caso, se trata de constatar los derechos de la imaginación, la *verdad* de acontecimientos *extranaturales*, más allá de las leyes de la ciencia positivista y de los fenómenos verosímiles.

Por ello no es casual que el género de la narrativa fantástica como tal surja, en la literatura occidental, a finales del siglo XVIII y se desarrolle con vigor a lo largo de todo el siglo XIX: es en esos momentos cuando la ciencia europea –el positivismo fue contemporáneo del romanticismo– proclama el dogma del racionalismo y somete el mundo –sin milagros– a rigurososas leyes de causalidad; las certezas científicas pueden modificar el mundo y sus criaturas y, sin embargo, no pueden explicarlo, al contrario, quizás muestran más abiertamente las imperfecciones y lacras de la condición humana, y los hombres continúan interrogándose sobre la existencia de un más allá, sobre las fronteras de la vida y de la muerte, sobre la imposibilidad de franquear esas fronteras... Interrogantes que constituyen la base de la brillante eclosión del género fantástico: Cazotte, Hoffmann, Poe, Austin, Nodier, Achim von Arnim, Irving, Balzac, Mérimée y, más tarde, Maupassant, Villiers de l'Isle-Adam, Dickens, Tolstói... nos hablarán de espectros y fantasmas que surgen, con fuerza, en un universo que los ha excluido; almas en pena pactarán con el diablo para obtener algo ofuscadamente anhelado; la muerte personificada aparecerá en medio de los vivos; vampiros, que se aseguran la eterna juventud chupando la sangre de los vivos, atormentarán los sueños de bellas muchachas; estatuas, maniquíes... que cobrarán vida e inquietarán por su temible independencia; la «cosa» o la habitación... que matarán y luego desaparecerán del espacio... sucesos todos ellos que atraviesan la muerte, el lado oscuro de las cosas, y desmoronan las concepciones científicas instituidas...

Théophile Gautier mostró por el género fantástico una fidelidad extraordinaria: escribió *La Cafetière* (1831) cuando tenía veinte años y publicó, texto que la crítica ha denominado su testamento literario, *Spirite* (1865) a los sesenta y cuatro. A lo largo de ese intervalo compuso muchos otros relatos fantásticos que nos hacen llegar una voz original, voz que, aún hoy en día, es plenamente actual y fascinante. De entre los temas fantásticos más arriba esbozados, Gautier descuella en un tema que da vida y título a la presente edición: la mujer-fantasma, que vuelve del más allá y seduce, por sus múltiples encantos, al joven del hoy, el cual logra así, y gracias al amor, borrar por unos momentos –los del mundo de la noche y del sueño– el desarrollo implacablemente lineal del irreversible tiempo humano.[1]

Es la negación del irreversible tiempo humano –con todo lo que ello comporta– lo que persigue más inflexiblemente la pluma de nuestro autor. Para Gautier, lo extranatural tiene el mismo grado de existencia que el mundo exterior, necesita –además– dar forma material al ensueño,[2] dar carta de libertad a los placeres terrenales, y se rebela contra la descomposición de la carne, contra el olvido de las obras de arte creadas por los anhelos de belleza –entendida en un sentido muy amplio para su época y plenamente actual– de civilizaciones pasa-

---

[1]. Otros cuentos sobre el rol de las drogas, del doble... no forman parte de la presente edición.
[2]. R. Jasinski: *A travers le XIXe siècle*, Minard, París, 1975, p. 185.

das. Luchar contra el tiempo, el olvido y la muerte, defender los derechos de la imaginación, del ensueño, de la belleza –ya sea clásica o grotesca–, de la voluptuosidad y del amor... esas son las constantes que dan cohesión al pensamiento de Gautier y a los cuentos de la presente edición.

"La cafetera" (1831), su primer cuento fantástico, escrito en plena juventud, es el esbozo de todos los temas más caros a Gautier: no variarán en el futuro, aunque la forma ganará, con el paso de los años, más soltura y riqueza. El protagonista masculino es un joven artista, mucho más sensible que sus amigos; la protagonista femenina es una joven, muerta hace dos años; juntos vivirán felices instantes llenos de amor, hasta que la banal realidad destruye el encantamiento.

En "Onfale" (1834), el protagonista masculino, otro jovencísimo artista –en concreto, se convertirá en narrador de cuentos fantásticos–, es seducido por una fascinante y sensual marquesa que vivió *realmente* en la época de Luis XV. El amor, en este caso, traspasa la muerte y también los siglos; es un amor galante, erótico y un poco frívolo, como el estilo rococó –citado a lo largo del texto–, un estilo de arte y de vida (sin escrúpulos, sin sufrimientos) que Gautier quiere ensalzar gracias a la escritura. Como en el primer cuento, el encantamiento desaparecerá, pero, aquí, será por la actuación, severa e implacable, de un personaje masculino, el tío del protagonista –simbolismo paterno–, que introduce la inclemente realidad en la fantasía sensual del cuento.

"La muerta enamorada" (1836) retoma el tema del amor entre un ser mortal y una criatura del más allá, tema clásico del género fantástico. Por citar sólo un ejemplo, Hoffmann, en "Los elixires del diablo" ya había narrado los amores entre un religioso –escindido entre la inocencia y la lujuria– y una entidad diabólica. A este argumento, Gautier añade la idea de una mujer vampiro tan enamorada que trastoca la noción de vampirismo,[3] pues Clarimonde sólo bebe la sangre de Romuald que necesita para sobrevivir. Clarimonde es, asimismo, una metáfora del deseo de vivir y de gozar, prohibidos por el cristianismo, representado por el severo y desagradable Sérapion.

En "El pie de momia" (1840), otro joven escritor está a punto de vivir una hermosa historia de amor con una bellísima princesa egipcia. Nuevamente, el presente del París del siglo XIX y el pasado, representado por la civilización egipcia, se unen, y Gautier exalta las creaciones artísticas de ese pueblo que siempre le fascinó: Egipto fue –según la crítica– su patria mental, la concreción más continua e insistente del ensueño.[4] Pero si en los cuentos precedentes esa fusión del pasa-

---

3. La mayoría de los cuentos y películas sobre vampiros nos presentan un ser terriblemente antipático que vence a la muerte, que disfruta de una eterna juventud gracias a que comete un crimen casi diariamente.
4. T. Gautier: *L'oeuvre fantastique*, 2 volúmenes, edición de M. Crouzet, Bordas, colección «Classiques Garnier», París, 1992, p. 136, vol. 1. De tema egipcio Gautier escribió también: *Une nuit de Cléopâtre, Le roman de la momie...*

do y del presente, con su arte y su belleza, se hacía breve realidad, aquí ya se presenta inalcanzable, pues el rígido faraón y su corte se burlan abiertamente de las pretensiones amorosas del joven.

Algo muy similar le ocurrirá a Octavien en "Arria Marcella" (1852): por la fuerza de su amor, el joven logrará trasladarse a los tiempos esplendorosos de la civilización romana y disfrutará brevemente de la ciudad de Pompeya salvada del Vesuvio; sin embargo, los instantes de dicha amorosa con la bella pompeyana serán interrumpidos por la presencia de una nueva figura paterna, esta vez claramente identificada con la religión cristiana. En este cuento, Gautier nos abre su corazón cuando afirma: «Yo creo en nuestros antiguos dioses, que amaban la vida, la juventud, la belleza, el placer». Gautier prefiere el paganismo al cristianismo: *cree* en el hedonismo antiguo y considera que la religión cristiana, por su ascetismo y desprecio de la carne, es culpable de haber hecho olvidar a los hombres la alegría de la belleza y del placer. A lo largo de "La muerta enamorada" encontraremos la misma idea: la vida religiosa es una muerte en vida; la figura del cura, en principio enemigo de Satanás, es, en realidad, diabólica. También en "Arria Marcella" encontraremos las creencias filosóficas más firmes de Gautier: «Nada muere, todo existe siempre; ninguna fuerza puede aniquilar lo que una vez existió. Cualquier acción, cualquier palabra, cualquier forma, cualquier pensamiento caído en el océano universal de las cosas produce en él círculos que van ensanchándose hasta los confines de la eternidad. La figuración material desaparece únicamente para las miradas vulgares, y los espectros que se desprenden de ella pueblan el infinito. Paris continua raptando a Helena en una región desconocida del espacio. La galera de Cleopatra alza sus velas de seda en el azul de un Cydnus ideal. Algunos espíritus apasionados y fuertes han podido hacer regresar hasta ellos siglos aparentemente desaparecidos y hacer revivir personajes muertos para todos».

Para Gautier nada acaba: los tiempos del pasado continúan existiendo, como espectros o fantasmas, en unas regiones concéntricas, donde los seres *muertos* continuan realizando las acciones que marcaron su individualidad y su alma immortal en la existencia terrestre.[5] Es ésta una filosofía reconfortante, ya que implica que nada muere y que la eternidad conserva en su seno, en una especie de sincronismo divino, todos los personajes de la historia, visibles para los ojos del alma enamorada. Así lo define Arria Marcella: «No estamos verdaderamente muertas mientras somos amadas; tu deseo me ha devuelto la vida, la poderosa evocación de tu corazón ha suprimido las distancias que nos separaban».

El amor, la imaginación y el pensamiento confluyen y, más allá de la simple cotidianidad, tras-

---

5. G. Poulet: *Études sur le temps humain*, vol. 1, éditions du Rocher, París, 1952, pp. 317-345.

cienden el tiempo y superan la separación entre los vivos y los muertos, permitiendo al protagonista avanzar hacia la experiencia fantástica, relatada gracias al uso extraordinario del oxímoron (el agua y el fuego, el cielo y el mar, el frío y el calor... se unen). Porque estamos ante una experiencia voluptuosa, feliz, que no provoca miedo más que en un primer instante,[6] y estas muertas enamoradas se nos presentan como criaturas del ensueño y, simultáneamente, sensuales, pero no temibles. Incluso en "La muerta enamorada", el único cuento *nocturno* de Gautier, Romuald insiste varias veces en que la aventura no le produce temor alguno.

También es significativo destacar que, en los primeros cuentos, el protagonista desempeña un rol mucho más pasivo (es el más allá el que se manifiesta), mientras que, en los cuentos de la madurez artística, la aparición fantástica tiene lugar por el sentir y pensar voluntario del héroe. Un héroe que tiene mucho del propio Gautier –como persona y como escritor–, que ama la pasión, la belleza y las aventuras ideales y que atribuye a esos anhelos –y no a la ciencia, a pesar de sus progresos técnicos– la capacidad de penetrar en siglos desaparecidos para las miradas vulgares.

Acompañando estas creencias, una tenue iro-

---

[6]. A diferencia de otros muchos relatos fantásticos que sumen al lector en una angustia tenebrosa. M. Eigeldinger: *Le soleil de la poésie. Gautier, Baudelaire, Rimbaud*, A la Baconnière, Neuchâtel, 1991.

nía –que irá desapareciendo en los cuentos de la madurez– tiñe los primeros cuentos, une la fantasía y lo grotesco[7] y nos permite leer los textos como un juego paródico.

De todas formas, lo cierto es que si, al final, la simple realidad del presente se impone, diversos detalles (el dibujo en "La cafetera", la figurita de pasta verde en "El pie de la momia"...) confirman la verdad de la aparición fantástica y la verdad de su desaparición, y sumen al héroe, incapaz de hacer revivir de nuevo esos momentos fantásticos, en una profunda tristeza, en un profundo vacío: los desenlaces se giran contra la experienca fantástica y sancionan su desvanecimiento, la imposibilidad de contactar de forma estable con el más allá.[8]

Podemos, pues, leer los cuentos fantásticos de Gautier como una conquista de la sabiduría: la conquista de la verdad –por parte del hombre– mediante la trangresión de cualquier límite. La literatura adquiere así una función mágica y creadora que nos seduce todavía hoy, a las puertas del siglo veintiuno, porque nos habla de la búsqueda de la felicidad, del deseo, de la vida y de los idea-

---

7. R. Bourgeois: *L'Ironie romantique*, Presses Universitaires de Grenoble, 1974; E. Rosen: *Sur le grotesque. L'ancien et le nouveau dans la réflexion esthétique*, Presses Universitaires de Vincennes, 1991; A. Vaillant: *Le Rire. Rabelais, Baudelaire, Gautier,* Editions Quintette, París, 1991.

8. En *Spirite*, la última muerta enamorada (que por razones de dimensión no ha podido incluirse en esta edición), Lavinia sugiere al héroe atravesar los umbrales de la muerte para lograr ese ensueño de comunicación y de felicidad total.

les, y de los medios (el amor y la belleza) para alcanzarlos.

Proscrito después de su muerte –por las críticas de profesores universitarios y de diversos artistas (con Gide a la cabeza)–, Théophile Gautier (1811-1872) empieza a recuperar el lugar de excepción –reconocido en su momento por Baudelaire y Mallarmé– que merece en la historia de la literatura: el de un extraordinario genio artístico que, además de maravillosos poemas (*Emaux et camées*), novelas sugestivas (*Mademoiselle de Maupin, Le Capitaine Fracasse...*) y libros de viajes (*Voyage en Espagne, Vogaye en Russie...*), nos entrega, en sus cuentos fantásticos, su sentir más íntimo, una lección de moral y una lección espiritual: la belleza y el amor son eternos (no existe la nada) y se expresan, en el tiempo presente y en forma material, en las creaciones artísticas, en las criaturas humanas y en las configuraciones más hermosas de la naturaleza, pero, no podremos gozar más que brevemente de ellas: la aventura fantástica se opone a las condiciones humanas de la existencia; pero quizás, más allá de las fronteras de la muerte, nos espera el goce total y eterno.

La cafetera

I

El año pasado me invitaron, con dos de mis compañeros de estudio, Arrigo Cohic y Pedrino Borgnioli, a pasar unos días en una finca rústica de Normandía.

El tiempo, que, en el momento de marchar, prometía ser magnífico, decidió cambiar de repente, y llovió tanto que los angostos caminos por los que caminábamos eran como el lecho de un torrente.

Nos hundimos en el fango hasta las rodillas, una capa espesa de tierra de miga se había pegado a las suelas de nuestras botas, y su peso entorpecía de tal forma nuestros pasos que no llegamos a nuestro destino hasta una hora después de la puesta del sol.

Estábamos agotados; por lo que nuestro anfitrión, al ver los esfuerzos que hacíamos para reprimir nuestros bostezos y mantener los ojos abiertos, ordenó, tan pronto hubimos cenado, que nos condujeran a nuestras habitaciones.

La mía era muy amplia; sentí, al entrar en ella, como un estremecimiento de fiebre, ya que me pareció adentrarme en un mundo nuevo.

Efectivamente, uno hubiera podido creerse en tiempos de la Regencia, al ver los dinteles de Boucher que representaban las cuatro estaciones, los muebles pomposos del peor gusto y los marcos de los espejos burdamente esculpidos.

Nada estaba desarreglado. El tocador cubierto de estuches para peines, de borlas para los polvos, parecía haber sido usado la víspera. Dos o tres vestidos de colores tornasolados, un abanico con lentejuelas de plata cubrían el parqué bien encerado, y, para mi sorpresa, una tabaquera de concha abierta sobre la chimenea estaba llena de tabaco aún fresco.

No me percaté de estas cosas hasta después de que el criado, tras dejar su palmatoria sobre la mesita de noche, me hubo deseado felices sueños, y, lo confieso, empecé a temblar como una hoja. Me desvestí rápidamente, me acosté y, para acabar con esos estúpidos temores, cerré enseguida los ojos y me giré hacia el lado de la pared. Pero me fue imposible permanecer en esta posición: la cama se movía como una ola, mis párpados se abrían tercamente. No tuve más remedio que girarme y mirar.

El fuego encendido en la chimenea iluminaba la habitación con reflejos rojizos, de manera que, sin dificultad, se podían distinguir los personajes de los tapices y los rostros de los retratos ennegrecidos colgados de la pared.

Eran los antepasados de nuestro anfitrión, caballeros con armadura, consejeros con peluca, y bellas damas con el rostro maquillado, los cabellos empolvados y una rosa en la mano.

De pronto el fuego adquirió un extraño grado de actividad; un pálido resplandor iluminó la estancia, y vi claramente que lo que había tomado por simples pinturas era la realidad, ya que las pupilas de esos seres enmarcados se movían, brillaban de forma singular; sus labios se abrían y se cerraban como los labios de la gente que habla, pero yo únicamente oía el tic-tac del reloj de péndulo y el silbido del viento de otoño.

Un terror insuperable se apoderó de mí, mis cabellos se erizaron, mis dientes castañetearon tan fuerte que parecía que iban a romperse, un sudor frío inundó todo mi cuerpo.

El reloj dio las once. La vibración del último toque resonó de forma interminable y, cuando hubo cesado completamente...

¡Oh, no! No me atrevo a decir lo que ocurrió, nadie me creería y me tomarían por loco.

Las bujías se encendieron solas; el fuelle, sin que ningún ser visible lo pusiera en movimiento, empezó a soplar el fuego, tosiendo como un viejo asmático, mientras las tenazas removían los tizones y la pala levantaba las cenizas.

Después, una cafetera se lanzó desde una mesa en la que se encontraba y se dirigió, renqueando, hacia el fuego, donde se situó entre los tizones.

Unos instantes después, las butacas se pusieron en movimiento y, agitando sus enroscadas patas de manera sorprendente, se colocaron alrededor de la chimenea.

II

No sabía qué pensar de lo que veía, pero lo que me quedaba por ver era todavía más extraordinario.

Uno de los retratos, el más antiguo, el de un gordo mofletudo, con barba gris y que se parecía muchísimo a la idea que yo siempre me he hecho del viejo sir John Falstaff, sacó, gesticulando, la cabeza de su marco y, después de grandes esfuerzos y de haber logrado pasar sus hombros y su vientre rollizo por entre las estrechas tablas del cuadro, saltó pesadamente al suelo.

Aún no había recobrado el aliento, cuando sacó del bolsillo de su jubón una llave extraordinariamente pequeña, sopló dentro para asegurarse de que la hembrilla estaba bien limpia y la aplicó sucesivamente a todos los marcos.

Y todos los marcos se ensancharon para dejar pasar cómodamente a las figuras que encerraban.

Bajitos abates sonrosados, ricas viudas secas y amarillas, magistrados de aspecto grave enfundados en imponentes trajes negros, petimetres con medias de seda, calzón color ciruela y la punta de la espada en alto, todos estos personajes constituían un espectáculo tan extraño que, a pesar de mi espanto, no pude evitar la risa.

Esos dignos personajes se sentaron; la cafetera saltó prestamente sobre la mesa. Tomaron el café en tazas del Japón, blancas y azules, que acudieron espontáneamente desde un escritorio, cada una de ellas provista de un terrón de azúcar y de una cucharita de plata.

Cuando hubieron tomado el café, tazas, cafetera y cucharas desaparecieron a la vez, y empezó la conversación más curiosa que haya escuchado jamás, ya que ninguno de esos extraños conversadores miraba al otro mientras hablaba: todos tenían los ojos fijos en el reloj de péndulo.

Yo tampoco podía desviar la mirada de él, ni evitar seguir la aguja, que avanzaba hacia medianoche con pasos imperceptibles.

Finalmente, sonaron las doce; una voz, cuyo timbre era exactamente el del reloj, se dejó oír y dijo:

–Ya es la hora, bailemos.

Todos los reunidos se levantaron. Las butacas retrocedieron por propia iniciativa; entonces, cada caballero cogió la mano de una dama, y la misma voz dijo:

–¡Vamos, señores de la orquesta, empiecen!

He olvidado decir que el motivo de los tapices era un concierto italiano, en uno, y, en el otro, una cacería de ciervos en la que varios criados tocaban la trompa. Los monteros y los músicos, que hasta entonces no se habían movido, inclinaron la cabeza en señal de adhesión.

El maestro levantó la batuta, y una armonía viva y bailable se propagó por todos los rincones de la sala. Primero se bailó el minué.

Pero las notas rápidas de la partitura ejecutada por los músicos no armonizaban con las graves reverencias: además, cada pareja de bailarines, al cabo de unos minutos, se puso a hacer piruetas como una peonza. Los vestidos de seda de las mujeres, arrugados por aquel torbellino danzante, emitían sonidos de una naturaleza singular; parecía el ruido de alas de un vuelo de palomas. El viento que se introducía por debajo los ahuecaba prodigiosamente, de manera que parecían campanas en vaivén.

El arco de los virtuosos pasaba tan rápidamente por las cuerdas, que salían chispas eléctricas. Los dedos de los flautistas subían y bajaban como si fueran de mercurio; las mejillas de los monteros estaban hinchadas como globos, y todo esto formaba un diluvio de notas y de trinos tan acelerados y de escalas ascendentes y descendentes tan enredadas, tan inconcebibles, que ni los mismos demonios hubieran podido seguir dos minutos semejante compás.

Daba incluso pena ver los esfuerzos de los bailarines para recuperar el ritmo. Saltaban, hacían cabriolas, giraban sobre sí mismos, ejecutaban tejidos de lado y trenzados de tres pies de altura, con tanta intensidad que el sudor les caía por la frente hasta los ojos y les corría los lunares postizos y el maquillaje. Pero por mucho que se esforzaran la orquesta siempre se les adelantaba en tres o cuatro notas.

El reloj dio la una; se detuvieron. Vi algo que se me había escapado: una mujer que no bailaba.

Estaba sentada en una butaca al lado de la chimenea, y no parecía participar ni por asomo en lo que pasaba a su alrededor.

Nunca, ni siquiera en sueños, nada tan perfecto se había presentado a mis ojos; una piel de una blancura deslumbrante, el cabello de un rubio muy claro, largas pestañas y pupilas azules tan puras y transparentes que a través de ellas veía su alma tan nítidamente como un guijarro en el fondo de un arroyo.

Y sentí que, si alguna vez me enamoraba, sería

de ella. Me levanté precipitadamente de la cama, de donde hasta entonces no me había podido mover, y me dirigí hacia ella, conducido por algo que actuaba sobre mí sin que pudiera darme cuenta; y me encontré a sus pies, con una de sus manos entre las mías, charlando con ella como si hiciera veinte años que la conociera.

Pero, por un prodigio bien extraño, mientras le hablaba, marcaba con una oscilación de cabeza la música que continuaba sonando; y, aunque conversar con tan bella persona me condujera al súmmum de la felicidad, deseaba ardientemente bailar con ella.

Sin embargo, no me atrevía a proponérselo. Pero ella comprendió lo que yo quería, ya que, levantando hacia la esfera del reloj la mano que yo no le cogía, dijo:

–Cuando la aguja esté allí, ya veremos, querido Théodore.

No sé cómo ocurrió, pero no me sorprendió en absoluto oírme llamar por mi nombre, y continuamos hablando. Por fin, sonó la hora indicada, la voz con timbre de plata vibró nuevamente en la habitación y dijo:

–Angela, puede bailar con el caballero, si le apetece, pero ya sabe lo que ocurrirá.

–No importa –respondió Angela en tono irritado.

Y me rodeó el cuello con su brazo de marfil.

– *¡Prestissimo!* –gritó la voz.

Y empezamos a bailar un vals. Los senos de la joven tocaban mi pecho, su mejilla aterciopelada rozaba la mía y su suave aliento flotaba ante mi boca.

Nunca en mi vida había experimentado una emoción semejante; mis nervios vibraban como resortes de acero, la sangre corría por mis arterias cual torrente de lava y oía latir mi corazón como si tuviera un reloj junto a la oreja.

Sin embargo, ese estado no era en modo alguno penoso. Me sentía inundado por un gozo inefable y hubiera querido permanecer siempre así, y, detalle importante, aunque la orquesta había triplicado su velocidad, no necesitábamos hacer esfuerzo alguno para seguir la música.

Los asistentes, maravillados por nuestra agilidad, gritaban ¡bravo! y aplaudían con todas sus fuerzas, aunque las palmas de sus manos no emitían sonido alguno.

Angela, que hasta entonces había bailado el vals con una energía y una precisión sorprendentes, pareció cansarse de repente; pesaba entre mis brazos como si las piernas le flojearan; sus pequeños pies que, un minuto antes, sólo rozaban el suelo, se alzaban ahora muy lentamente, como si hubieran sido cargados con una masa de plomo.

–Angela, está cansada –le dije–, descansemos.

–De acuerdo –contestó, secándose la frente con su pañuelo–. Pero, mientras bailábamos, todos se han sentado; sólo queda una butaca, y somos dos.

–¡Qué importa, ángel mío! La sentaré sobre mis rodillas.

III

Sin la menor objeción, Angela se sentó, me rodeó con sus brazos como si fuera un chal blanco y escondió su cabeza en mi pecho para calentarse un poco, ya que se había quedado fría como el mármol.

No sé cuánto tiempo permanecimos en esta posición, pues todos mis sentidos estaban absortos en la contemplación de esa misteriosa y fantástica criatura.

Había perdido la noción del tiempo y del espacio; el mundo real ya no existía para mí, y todos los vínculos que me ataban a él se habían roto; mi alma, liberada de su prisión de barro, nadaba en el vacío y en el infinito; comprendía lo que ningún hombre puede comprender y los pensamientos de Angela se me revelaban sin que ella necesitara hablar, porque su alma brillaba en su cuerpo como una lámpara de alabastro y la luz que salía de su pecho atravesaba el mío.

Cantó la alondra, una tenue claridad se atisbó tras las cortinas.

Tan pronto como Angela lo vio, se levantó precipitadamente, me hizo un gesto de adiós y, después de dar unos pasos, lanzó un grito y se desplomó.

Presa de espanto, me levanté precipitadamente para ponerla en pie... La sangre se me hiela sólo de pensarlo: únicamente encontré la cafetera rota en mil pedazos.

Ante esto, convencido de que me había convertido en el juguete de alguna maquinación diabólica, se apoderó tal pavor de mí que me desmayé.

IV

Cuando recobré el conocimiento, me encontraba en la cama; Arrigo Cohic y Pedrino Borgnioli estaban de pie junto a la cabecera.

Tan pronto abrí los ojos, Arrigo exclamó:

—¡Ah, menos mal! Llevo casi una hora frotándote las sienes con agua de colonia. ¿Qué diablos has hecho esta noche? Esta mañana, al ver que no bajabas, he entrado en tu habitación y te he encontrado, cual largo eres, estirado en el suelo, vestido con un traje anticuado y abrazando un trozo de porcelana rota, como si fuera una joven y bonita muchacha.

—¡Pardiez! Es el traje de boda de mi abuelo —dijo el otro anfitrión, levantando uno de los faldones de seda rosa con dibujos rameados en verde—. Estos son los botones imitación de diamante y de filigrana de los que tan orgulloso estaba. Théodore lo habrá encontrado en algún rincón y se lo habrá puesto para divertirse. Pero ¿qué es lo que te ha sentado mal? Eso está bien para una damita que tenga hermosos hombros; se le afloja el corsé, se le quitan los collares, el chal, y es una buena ocasión para seducirla.

—Sólo ha sido un desmayo; soy muy propenso —respondí secamente.

Me levanté y me despojé de mi ridículo atavío. Después almorzamos.

Mis tres compañeros comieron mucho y bebieron todavía más; yo casi no comí, el recuerdo de lo que había pasado me causaba extrañas distracciones.

Acabado el almuerzo, como llovía a cántaros, no pudimos salir y cada uno se entretuvo como pudo. Borgnioli tamborileó marchas guerreras en los cristales; Arrigo y el anfitrión jugaron una partida de damas; yo saqué de mi carpeta una hoja de papel vitela y me puse a dibujar.

Las líneas casi imperceptibles trazadas por mi lápiz, sin que hubiera pensado en ello en absoluto, dibujaron con maravillosa exactitud la cafetera que había jugado un papel tan importante en las escenas nocturnas.

—Es sorprendente cómo esta cabeza se parece a mi hermana Angela —dijo el anfitrión, que, al haber acabado la partida, me miraba trabajar por encima del hombro.

Efectivamente, lo que hacía poco me había parecido una cafetera era en realidad el perfil dulce y melancólico de Angela.

—¡Por todos los santos del paraíso! ¿Está muerta o viva? —exclamé, y mi voz temblaba tanto como si mi vida hubiera dependido de su respuesta.

—Murió hace dos años, de una pulmonía que atrapó después de un baile.

—¡Qué pena! —respondí dolorosamente.

Y, reteniendo una lágrima que estaba a punto de caer, guardé el papel en la carpeta.

¡Acababa de comprender que para mí ya no había ninguna posibilidad de ser feliz en la tierra!

Onfale

Mi tío, el caballero de T***, vivía en una pequeña casa que daba por un lado a la triste calle de Tournelles y por el otro al triste bulevar Saint-Antoine. Entre el bulevar y el cuerpo del edificio, unos viejos arbustos, devorados por los insectos y el musgo, estiraban lastimosamente sus brazos descarnados hacia el fondo de una especie de charca encajonada por negras y altas murallas. Algunas pobres flores marchitas doblaban lánguidamente la cabeza, como si de muchachas tísicas se tratara, esperando que un rayo de sol secara sus hojas medio podridas. Las malas hierbas habían invadido las veredas, cuyo trazado difícilmente se reconocía, porque hacía mucho tiempo que el rastrillo no había pasado por ellas. Uno o dos peces flotaban más que nadaban en un estanque cubierto por lentejas de agua y plantas de pantano.

Mi tío llamaba a eso su jardín.

En el jardín de mi tío, además de todas las bellezas que acabamos de describir, había un pabellón un tanto desapacible, al que, sin duda por antífrasis, le había dado el nombre de *Delicias*. Se hallaba en un estado de completo abandono. Las paredes estaban combadas; grandes capas de yeso se habían desprendido y yacían en el suelo entre las ortigas y la avena loca; un moho pútrido verdeaba las partes inferiores; la madera de los postigos y de las puertas había cedido, y ya no cerraban o lo hacían con dificultad. Una especie de adorno arquitectónico en forma de puchero del que salían resplandecientes vapores configuraba la decoración de la entrada principal; ya que, en tiempos de Luis XV, época de la construcción de las Delicias, había siempre, por precaución, dos entradas. Ovos, hojas esculpidas y volutas recargaban la cornisa, completamente arrasada por las filtraciones de las aguas pluviales. En fin, las Delicias de mi tío el caballero de T*** era un edificio que a simple vista daba pena.

Esa pobre ruina del ayer, tan deteriorada como si hubiera tenido mil años; ruina de yeso y no de piedra, completamente arrugada, agrietada, cubierta de parásitos, carcomida por el musgo y el salitre, se parecía a uno de esos viejos precoces, debilitados por sucios excesos; no inspiraba respeto alguno, porque no hay nada tan feo y tan miserable en el mundo como un viejo vestido de gasa y una vieja pared de yeso, dos cosas que no deben perdurar pero que perduran.

Era en este pabellón donde mi tío me había alojado.

El interior no era menos rococó que el exterior, aunque estaba un poco mejor conservado. La cama era de seda amarilla con grandes flores blancas. Un reloj de péndulo de rocalla descansaba sobre un pequeño pedestal incrustado de nácar y de marfil. Una guirnalda de rosas de China rodeaba coquetamente un espejo de Venecia; sobre las puertas estaban pintadas las cuatro estaciones, en un mismo color y distintos tonos. Una bella dama, con la cabellera ligeramente empolvada, con un corsé azul celeste y un conjunto de cintas del mismo color, un arco en la mano derecha, una perdiz en la mano izquierda, una media luna en la frente y un galgo a sus pies, descansaba cómodamente y sonreía de la manera más encantadora del mundo, dentro de un ancho marco ovalado. Era una de las antiguas amantes de mi tío, que había encargado que la pintaran como Diana. El mobiliario, según puede apreciarse, no era de los más modernos. Nada impedía que uno se creyera en tiempos de la Regencia, y el tapiz mitológico que colgaba de la pared contribuía todavía más a la ilusión.

El tapiz representaba a Hércules hilando a los pies de Onfale. El dibujo estaba ideado según la manera atormentada de Van Loo y en el estilo más *Pompadour* que se pueda uno imaginar. Hércules tenía una rueca rodeada por una cinta estrecha de color rosa; levantaba el dedo con una gracia muy particular, como un marqués que toma una pizca de tabaco, mientras hacía girar, entre el pulgar y el índice, un blanco pedazo de estopa; su cuello nervudo estaba cubierto de cintas, lazos, collares de perlas y mil perifollos femeninos; una amplia falda tornasolada, con dos inmensos miriñaques, acababa de dar un aspecto completamente galante al héroe vencedor de monstruos.

Onfale tenía sus blancos hombros medio cubiertos por la piel del león de Nemea; su frágil mano se apoyaba en el nudoso garrote de su amante; sus bellos cabellos rubio claro suavemente empolvados descendían sueltos por el cuello, esbelto y ondulado como el cuello de una paloma; sus piececitos, verdaderos pies de española o de china, y que hubieran quedado holgados en el zapato de cristal de Cenicienta, estaban calzados con coturnos antiguos, color lila claro, cubiertos de perlas. ¡Verdaderamente era encantadora! Tenía la cabeza echada hacia atrás en un gesto de orgullo adorable; la boca se plegaba y hacía un delicioso mohín; las aletas de la nariz estaban ligeramente hinchadas, las mejillas un poco encendidas; un lunar, sabiamente situado, realzaba su esplendor de forma maravillosa; únicamente le faltaba un pequeño mostacho para parecer un perfecto mosquetero.

También había muchos otros personajes en el tapiz, la doncella servicial, el pequeño Cupido de rigor; pero no han dejado en mi recuerdo una silueta lo bastante clara como para que pueda describirlos.

En esa época yo era muy joven, lo que no quiere decir que sea muy viejo ahora; pero acababa de salir del colegio, y vivía en casa de mi tío mientras me decidía a elegir una profesión. Si el buen hombre hubiera podido prever que abrazaría la de narrador de cuentos fantásticos, sin duda me hubiera echado de su casa y desheredado irrevocablemente, porque profesaba por la literatura en general, y por los escritores en particular, un desprecio muy aristocrático. Como verdadero gentilhombre que era, le hubiera gustado ordenar a sus criados que ahorcaran o molieran a palos a todos estos pequeños escritorzuelos que se dedican a emborronar papel y a hablar irreverentemente de las personas de estirpe. ¡Dios conceda la paz a mi pobre tío! pero realmente él únicamente valoraba en el mundo la epístola de Zetulbé.

Así pues, yo acababa de salir del colegio. Rebosaba sueños e ilusiones; era tan ingenuo, o quizás más, que una virtuosa doncella de Salency. Muy feliz porque ya no tenía que someterme a castigos, me parecía que todo era perfecto en el mejor de los mundos posibles. Creía en una infinidad de cosas, creía en las pastoras de M. Florian, en las ovejas peinadas y empolvadas; no tenía duda alguna sobre el rebaño de Mme Deshoulières. Pensaba que realmente existían nueve musas, como afirmaba el *Appendix de Diis et Héroïbus* del padre Jouvency. Mis recuerdos de Berquin y de Gessner me creaban un mundo en el que todo era rosa, azul celeste y verde manzana. ¡Oh santa inocencia! ¡*Sancta simplicitas*!, como dijo Mefistófeles.

Cuando me encontré en aquella deliciosa habitación, que en esos momentos me pertenecía, sentí una dicha excepcional. Inventarié cuidadosamente hasta el mueble más pequeño; escudriñé todos los rincones y la exploré en todos los sentidos. Estaba en el séptimo cielo, feliz como un rey o dos. Después del resopón (porque se tomaba esa cena tardía en casa de mi tío), encantadora costumbre que se ha perdido como tantas otras no menos encantadoras que añoro con todo mi corazón, cogí mi palmatoria y me retiré, tan impaciente estaba por gozar de mi nueva residencia.

Mientras me desnudaba, me pareció que los ojos de Onfale se habían movido; miré más atentamente, no sin un ligero sentimiento de espanto, pues la habitación era espaciosa y la débil penumbra luminosa que flotaba alrededor de la vela servía únicamente para que las tinieblas se hicieran más visibles. Creí ver que ella tenía la cabeza girada en sentido contrario. El miedo empezó a alterarme seriamente; soplé la vela. Me volví del lado de la pared, me tapé la cabeza con la sábana, me calé el gorro hasta la barbilla y acabé por dormirme.

Pasé varios días sin atreverme a mirar el maldito tapiz.

Quizás no sería inútil, para hacer más verosímil la inverosímil historia que voy a contar, explicar a mis bellas lectoras que en esa época yo era verdaderamente un muchacho bastante guapo. Tenía los ojos más hermosos del mundo: lo digo porque así me lo han dicho; una tez un poco más saludable que la que tengo ahora, una verdadera tez de clavel; una cabellera castaña y rizada que tengo todavía, y diecisiete años que ya no tengo. Me faltaba únicamente una bella madrina para hacer de mí un aceptable querubín, desgraciadamente la mía tenía cincuenta y siete años y tres dientes, lo que era demasiado por un lado y muy poco por otro.

Una noche, sin embargo, me armé de valor hasta el punto de echar una ojeada a la bella amante de Hércules. Me miraba con la expresión más triste y más lánguida del mundo. Esta vez me calé el gorro hasta los hombros y hundí la cabeza bajo la almohada.

Aquella noche tuve un sueño singular, si es que fue un sueño.

Oí cómo las anillas de las cortinas de mi cama se deslizaban chirriando por la varilla, como si hubieran sido descorridas precipitadamente. Me desperté; por lo menos en mi sueño, me pareció que me despertaba. No vi a nadie.

La luna iluminaba las baldosas y proyectaba en la habitación su macilenta luz azul. Grandes sombras, formas extrañas, se dibujaban en el suelo y en las paredes. El reloj de péndulo dio un cuarto. La vibración tardó en apagarse; parecía un suspiro. El tic-tac del reloj, que se oía perfectamente, se asemejaba, hasta el punto de confundirse, al corazón de una persona conmovida.

Me sentía muy a gusto y no sabía qué pensar.

Una impetuosa ráfaga de viento sacudió los postigos, y los cristales de la ventana vibraron. Los revestimientos de madera crujieron, el tapiz onduló. Me arriesgué a mirar en la dirección de Onfale, ya que sospechaba confusamente que ella tenía algo que ver en todo aquello. No me había equivocado.

El tapiz se agitó violentamente. Onfale se desprendió de la pared y saltó prestamente al suelo; vino a mi cama cuidando de no mostrar su reverso. Creo que no debe de ser necesario explicar mi estupor. El viejo militar más intrépido no hubiera estado muy tranquilo en semejante circunstancia, y yo no era ni viejo ni militar. Esperé en silencio el final de la aventura.

Una vocecita aflautada y fina sonó suavemente

en mi oído, con esa pronunciación remilgada usada en tiempos de la Regencia por las marquesas y gente de alta alcurnia:

—¿Acaso te doy miedo, muchacho? Es verdad que sólo eres un niño; pero no es de buen tono tener miedo de las damas, sobre todo de las que son jóvenes y te quieren bien. Eso no es ni razonable ni francés; hay que corregirte estos temores. Vamos, pequeño salvaje, no pongas esa cara y no escondas la cabeza bajo las mantas. Hay mucho que hacer por tu educación, y no estás muy adelantado, mi hermoso paje. En mis tiempos, los querubines eran más decididos de lo que tú eres.

—Pero, vaya, es que...

—Es que te parece extraño verme aquí y no allí —dijo, mordiéndose ligeramente el labio rojo con sus dientes blancos, dirigiendo hacia la pared su dedo largo y delgado—. En efecto, lo que está ocurriendo no es muy natural; pero, aunque te lo explicara, no lo comprenderías mucho mejor: te basta saber pues que no corres ningún peligro.

—Temo que no sea usted el... el...

—El diablo, seamos sinceros, ¿verdad? Es eso lo que querías decir. Por lo menos estarás de acuerdo conmigo en que no soy tan negra como un diablo, y en que, si el infierno estuviera poblado de diablos como yo, se estaría allí tan bien como en el paraíso.

Para demostrar que no se alababa en vano, Onfale echó hacia atrás la piel de león y me mostró unos hombros y unos senos perfectamente moldeados y de una blancura deslumbrante.

–¡Bien! ¿Qué me dices?– dijo en un tono de coquetería satisfecha.

–Digo que, aunque fuera usted el diablo en persona, no tendría ningún temor, señora Onfale.

–Así se habla; pero no vuelvas a llamarme ni señora ni Onfale. No quiero ser una señora para ti, y soy tan poco Onfale como diablo.

–¿Quién es usted entonces?

–Soy la marquesa de T***. Algún tiempo después de mi matrimonio, el marqués mandó hacer este tapiz para mi dormitorio, y me hizo representar como Onfale; él también aparece como Hércules. Tuvo una singular idea, porque, Dios lo sabe, nadie en el mundo se parecía menos a Hércules que el pobre marqués. Hacía mucho tiempo que esta habitación no se usaba. Yo, que amo naturalmente la compañía, me moría de aburrimiento y sufría migrañas. Estar con mi marido era estar sola. Llegaste tú, eso me alegró, esta habitación muerta se reanimó, tenía alguien de quien ocuparme. Te veía ir y venir, te sentía dormir y soñar, seguía tus lecturas. Tenías buen aspecto, maneras agradables, me gustabas: en fin, me enamoré de ti. Intenté hacértelo comprender. Exhalaba suspiros que tú confundías con el viento; te hacía señas, te dirigía lánguidas miradas, pero sólo conseguía causarte horribles temores. En último extremo, me he decidido a dar este paso inconveniente y a decirte francamente lo que no podías oír con medias palabras. Ahora que sabes que te amo, espero que...

La conversación estaba en ese punto, cuando se oyó el ruido de una llave en la cerradura.

Onfale se estremeció y se sonrojó hasta el blanco de los ojos.

—¡Adiós! —dijo—. Hasta mañana.

Y regresó a la pared, andando hacia atrás, por miedo sin duda de dejarme ver su espalda.

Era Baptiste, que venía a buscar mis trajes para cepillarlos.

—No debe, señor —me dijo—, dormir con las cortinas abiertas. Podría resfriarse. ¡Esta habitación es tan fría!

En efecto, las cortinas estaban abiertas. Yo, que creía no haber sino soñado, me quedé muy sorprendido, porque estaba seguro de que por la noche las había cerrado.

Tan pronto como Baptiste se marchó, corrí hasta el tapiz. Lo palpé en todos los sentidos; se trataba verdaderamente de un tapiz de lana, áspero al tacto como cualquier otro tapiz. Onfale se parecía al encantador fantasma de la noche como un muerto se parece a un vivo. Levanté la tela; la pared era compacta; no había ni trampillas falsas ni puertas secretas. Sólo observé que varios hilos estaban rotos en el sitio en el que se posaban los pies de Onfale. Eso me dio que pensar.

Estuve todo el día completamente distraído; esperaba la noche con inquietud, pero también con impaciencia. Me retiré temprano, decidido a ver cómo acabaría todo aquello. Me acosté. La marquesa no se hizo esperar; saltó del entrepaño y cayó directamente sobre mi cama; se sentó a la cabecera y la conversación comenzó.

Como la víspera, le hice preguntas, le pedí explicaciones. Unas las eludía, otras las respondía con evasivas, pero con tanta habilidad, que al cabo de una hora, no sentía escrúpulo alguno respecto a mi relación con ella.

Mientras me hablaba, me acariciaba el pelo con sus dedos, me abofeteaba suavemente las mejillas y me daba dulces besos en la frente.

Hablaba y hablaba de forma burlona y melindrosa, en un estilo elegante y familiar a la vez, como una gran señora, algo que nunca después he vuelto a encontrar.

Al principio estaba sentada en la butaca al lado de mi cama, pero pronto me pasó uno de sus brazos alrededor del cuello y sentí su corazón latir con fuerza contra mí. Era sin duda una bella y encantadora mujer real, una verdadera marquesa, la que se encontraba a mi lado. ¡Pobre estudiante de diecisiete años! Había razones para perder la cabeza, y la perdí. No sabía muy bien lo que iba a pasar, pero presentía vagamente que aquello no podía gustarle al marqués.

—Y el señor marqués, ¿qué va a decir desde la pared?

La piel de león había caído al suelo, y los coturnos color lila claro, cubiertos de perlas, yacían al lado de mis zapatillas.

—No dirá nada —contestó la marquesa riendo a carcajadas—. ¿Por ventura ve alguna cosa? Por otra parte, aunque lo viera, es el marido más sensato y más inofensivo del mundo; está acostumbrado. ¿Me quieres, mi amor?

–Sí, mucho, mucho...

Amaneció. Mi amante desapareció.

El día me pareció horriblemente largo. Por fin llegó la noche. Todo ocurrió como la víspera, y la segunda noche no tuvo nada que envidiar a la primera. Encontraba a la marquesa cada vez más adorable. Esas correrías se repitieron durante bastante tiempo. Como no dormía por las noches, tenía todo el día una especie de somnolencia que a mi tío no le pareció de buen augurio. Sospechó alguna cosa, probablemente escuchó tras la puerta y lo oyó todo; pues una mañana temprano entró en mi habitación tan bruscamente que Antoinette apenas tuvo tiempo de volver a su sitio.

Le seguía un tapicero con tenazas y con una escalera.

Me miró con una expresión tan arrogante y severa que comprendí que lo sabía todo.

–Esa marquesa de T*** está realmente loca, ¿en qué diablos estaría pensando para enamorarse de un mocoso como éste? –masculló mi tío–. ¡Y, sin embargo, había prometido ser sensata! Jean, descuelgue este tapiz, enróllelo y llévelo al desván.

Cada palabra de mi tío era una puñalada.

Jean enrolló a mi amante Onfale, o a la marquesa Antoinette de T***, con Hércules, o el marqués de T***, y se los llevó al desván. No pude retener las lágrimas.

Al día siguiente, mi tío me hizo volver en la

diligencia de B*** a casa de mis respetables padres, a los que, como puede imaginarse, no conté ni una palabra de mi aventura.

Mi tío murió. Vendieron su casa y sus muebles; probablemente el tapiz fue vendido con el resto. Pero hace algún tiempo, fisgoneando en una tienda de antigüedades por si encontraba algo interesante, tropecé con un grueso rollo polvoriento y cubierto de telarañas.

–¿Qué es esto?– pregunté al auvernés.

–Es un tapiz rococó que representa los amores de Onfale y Hércules. Es de Beauvais, completamente de seda y está muy bien conservado. Cómpremelo para su despacho; no se lo venderé caro, por ser usted.

Al oír el nombre de Onfale, mi corazón palpitó sobresaltado.

–Extienda el tapiz– dije al marchante en un tono áspero y entrecortado, como si tuviera fiebre.

Era ella, por supuesto. Me pareció que su boca me sonreía con simpatía y que su mirada se iluminaba al encontrar la mía.

–¿Cuánto quiere por él?

–No puedo vendérselo por menos de cuatrocientos francos.

–No los llevo encima. Voy a buscarlos; antes de una hora estoy de vuelta.

Volví con el dinero. El tapiz ya no estaba. Un inglés lo había regateado durante mi ausencia, había dado seiscientos francos por él y se lo había llevado.

En el fondo, quizás es preferible así y poder guardar intacto ese delicioso recuerdo. Dicen que no se debe volver a los primeros amores, ni ir a ver la rosa que se ha admirado la víspera.

Y, además, ya no soy ni tan joven ni tan guapo como para que los tapices desciendan de la pared en mi honor.

La muerta enamorada

Me preguntáis, hermano, si he amado. Sí. Es una historia singular y terrible, y, aunque tengo ahora sesenta y seis años, apenas me atrevo a remover las cenizas de ese recuerdo. No quiero negaros nada, pero no explicaría a una alma menos experimentada que la vuestra un relato semejante. Se trata de acontecimientos tan extraños que casi no puedo creer que me hayan sucedido. Durante más de tres años fui el juguete de una ilusión singular y diabólica. Yo, un pobre cura de pueblo, he llevado en sueños todas las noches (¡quiera Dios que fuera un sueño!) una vida de condenado, una vida mundana y de Sardanápalo. Una única mirada demasiado complaciente dirigida a una mujer pudo causar la pérdida de mi alma; pero, finalmente, con la ayuda de Dios y de mi santo patrón, he podido ahuyentar al malvado espíritu que se había apoderado de mí. Mi existencia se había complicado con una vida nocturna completamente diferente. De día, yo era un sacerdote del Señor, casto, dedicado a la oración y a las cosas santas; de noche, en cuanto cerraba los ojos, me convertía en un joven caballero, buen conocedor de mujeres, perros y caballos, jugador, bebedor y blasfemo; y, cuando al rayar el alba despertaba, me parecía, por el contrario, que me dormía y que soñaba que era sacerdote. De esa vida sonámbula me han quedado recuerdos de objetos y palabras de los que no puedo librarme, y, aunque no he traspasado nunca los muros de mi parroquia, se diría, al oírme, que soy un hombre que lo ha probado todo y que, desengañado del mundo, ha entrado en religión para finalizar sus días en el seno de Dios, y no un humilde seminarista que ha envejecido en una ignorada casa de cura, perdida en medio de un bosque y sin ninguna relación con las cosas de su época.

Sí, he amado como no ha amado nadie en el mundo, con un amor impetuoso e insensato, tan violento que me extraña que no haya hecho estallar mi corazón. ¡Ah! ¡Qué noches! ¡Qué noches!

Desde mi más tierna infancia, había sentido la vocación del estado sacerdotal; por eso todos mis estudios fueron dirigidos en ese sentido, y mi vida, hasta los veinticuatro años, no fue sino un largo noviciado. Acabados los estudios de teología, pasé sucesivamente por todas las órdenes menores, y mis superiores me juzgaron digno, a pesar de mi gran juventud, de superar el último y temible grado. El día de mi ordenación fue fijado para la semana de Pascua.

Jamás había corrido mundo; el mundo era para mí el recinto del colegio y del seminario. Sabía vagamente que existía algo que se llamaba mujer, pero no me detenía a pensarlo. Era de una inocencia perfecta. Sólo veía a mi madre, anciana y enferma, dos veces al año; ésa era toda mi relación con el exterior.

No echaba nada de menos, no sentía la más mínima duda ante ese compromiso irrevocable; me sentía lleno de dicha y de impaciencia. Jamás novio alguno contó las horas con tan febril ardor; no dormía, soñaba que cantaba misa; no veía en el mundo nada más hermoso que ser sacerdote:

hubiera rechazado ser rey o poeta. Mi ambición no concebía nada más.

Os digo esto para mostraros cómo lo que me sucedió no debió sucederme, y que fui víctima de una fascinación inexplicable.

Llegado el gran día, caminaba hacia la iglesia con un paso tan ligero que parecía flotar o tener alas en los hombros. Me creía un ángel, y me sorprendía la fisonomía sombría y preocupada de mis compañeros, pues éramos varios. Había pasado la noche rezando y me sentía en un estado que casi llegaba al éxtasis. El obispo, venerable anciano, me parecía Dios Padre soñando en su eternidad, y veía el cielo a través de las bóvedas del templo.

Vos sabéis los detalles de esa ceremonia: la bendición, la comunión en las dos especies, la unción de las palmas de las manos con el crisma de los catecúmenos, y finalmente el santo sacrificio ofrendado juntamente con el obispo. No insistiré en eso. ¡Oh, qué razón tiene Job, y qué imprudente es aquel que no concierta un tratado con sus ojos! Levanté por casualidad la cabeza, que hasta entonces había mantenido inclinada, y vi ante mí, tan cerca que hubiera podido tocarla, aunque en realidad estuviera a bastante distancia y al otro lado de la balaustrada, una joven de excepcional belleza, vestida con una magnificencia real. Fue como si una venda me cayera de los ojos. Experimenté la sensación de un ciego que recobrara súbitamente la vista. El obispo, tan resplandeciente hacía un momento, se apagó de repente, los cirios palidecieron en sus candelabros de oro como las estrellas al alba, y en toda la iglesia se hizo una completa oscuridad. La encantadora criatura destacaba en ese fondo sombrío como una revelación angélica. Parecía brillar por sí misma, desprender luz, antes que recibirla.

Bajé los párpados, bien decidido a no levantarlos de nuevo para evitar la influencia de los objetos exteriores; dado que me distraía cada vez más, y apenas sabía lo que hacía.

Un minuto después, volví a abrir los ojos, pues a través de las pestañas la veía brillar con los colores del prisma y en una penumbra púrpura, como cuando se mira el sol.

¡Oh, qué hermosa era! Cuando los más grandes pintores, persiguiendo en el cielo la belleza ideal, trajeron a la tierra el divino retrato de la Madona, ni siquiera se han acercado a esa fabulosa realidad. Ni los versos del poeta ni la paleta del pintor pueden dar una idea. Era bastante alta, con un talle y un porte de diosa; sus cabellos, de un rubio suave, se separaban en la frente y caían sobre sus sienes como dos ríos de oro; parecía una reina con su diadema; la frente, de una blancura azulada y transparente, se extendía ancha y serena sobre los arcos de dos cejas casi morenas, singularidad que resaltaba aún más las pupilas verde mar, de una vivacidad y de un brillo insostenibles. ¡Qué ojos! Con un destello decidían el destino de un hombre; tenían una vida, una claridad, un ardor, una humanidad brillante que no he visto jamás en ojo humano alguno; despedían chispas como flechas, que veía distintamente llegar a mi corazón. No sé si la llama que los iluminaba venía del cielo o del infierno, pero sin duda venía de uno o de otro. Esa mujer era un ángel o un demonio, o quizás las dos cosas a la vez; ciertamente no procedía de Eva, la madre común. Sus dientes, bellas perlas, brillaban en su roja sonrisa, y a cada inflexión de su boca pequeños hoyuelos se formaban en el satén rosa de sus adorables mejillas. La nariz era de una finura y de una altivez mayestática y revelaba un muy noble origen. Brillos de ágata relucían en la piel uniforme y lustrosa de sus hombros semidesnudos, y vueltas de enormes perlas rubias, de un tono muy parecido al del cuello, descansaban sobre su pecho. De vez en cuando, levantaba la cabeza con un movimiento ondulante de culebra o de pavo real que se envanece, y entonces se estremecía ligeramente el cuello bordado en calado que la envolvía como un entramado de plata.

Llevaba un traje de terciopelo rojizo, de cuyas amplias mangas forradas de armiño salían unas manos patricias de una delicadeza infinita, con unos dedos largos y bien formados, de una transparencia tan ideal que dejaban pasar la luz como los de la Aurora.

Todos esos detalles me son tan actuales como si dataran de ayer, y, aunque estaba extremadamente turbado, nada se me escapó: el más ligero matiz, el lunar en la barbilla, el imperceptible vello en las comisuras de los labios, la frente aterciopelada, la sombra temblorosa de las pestañas sobre las mejillas, lo captaba todo con una sorprendente lucidez.

Cuanto más la miraba, más sentía abrirse en mi interior unas puertas que hasta entonces habían permanecido cerradas; tragaluces obstruidos se desatascaban por completo y dejaban entrever perspectivas desconocidas; la vida me aparecía como muy cambiada; acababa de nacer a un nuevo orden de ideas. Una tremenda angustia me atenazaba el corazón; cada minuto transcurrido me parecía un segundo y un siglo. Sin embargo, la ceremonia avanzaba, y yo me veía arrastrado lejos del mundo justo cuando mis deseos nacientes asediaban furiosamente la entrada de ese mundo. A pesar de todo, dije sí cuando quería decir no, cuando todo mi ser se rebelaba y protestaba contra la violencia que mi lengua hacía a mi alma; una fuerza oculta me arrancaba contra mi voluntad las palabras de la garganta. Es eso quizás lo que motiva que tantas jóvenes avancen hacia el altar con el firme propósito de rechazar manifiestamente al esposo que les imponen, y ninguna ejecute su plan. Es eso sin duda lo que motiva que tantas pobres novicias tomen el velo, aunque estén decididas a rasgarlo en mil pedazos en el momento de pronunciar los votos. Nadie se atreve a provocar tal escándalo ni a decepcionar a tanta gente; todas esas voluntades, todas esas miradas pesan sobre uno como si fueran de plomo: y además está todo tan bien preparado, está todo tan bien regulado de antemano y de una manera tan evidentemente irrevocable, que el pensamiento cede ante el peso de las circunstancias y se desploma por completo.

La mirada de la bella desconocida cambiaba de expresión según avanzaba la ceremonia. De tierna y acariciadora al principio, pasó a un semblante desdeñoso y disgustado por no haber sido comprendida.

Hice un esfuerzo, que hubiera sido capaz de arrancar una montaña, para gritar que no quería ser sacerdote, pero no pude emitir sonido alguno. Mi lengua estaba pegada al paladar, y me fue imposible traducir mi voluntad en el más ligero gesto negativo. Aunque despierto, me encontraba en un estado semejante al de una pesadilla, en el que queremos gritar una palabra de la que nuestra vida depende, y somos incapaces de lograrlo.

Ella pareció darse cuenta del martirio que experimentaba y, como para animarme, me dirigió una mirada llena de divinas promesas. Sus ojos eran un poema en el que cada mirada formaba una estrofa.

Me decía:

«Si quieres ser mío, te haré más dichoso que el mismo Dios en su paraíso; los ángeles te envidiarán. Rasga esa fúnebre mortaja con la que vas a envolverte. Yo soy la belleza, la juventud; yo soy la vida. Ven a mí, seremos el amor. ¿Qué podría ofrecerte Yahvé en compensación? Nuestra existencia transcurrirá como un sueño y será como un beso eterno.

»Rechaza el vino de este cáliz, y serás libre. Te llevaré a islas desconocidas, dormirás sobre mi seno, en un lecho de oro macizo y bajo un palio de plata; porque te amo y quiero robarte a tu Dios, ante quien tantos nobles corazones derraman mares de amor que no llegan nunca hasta él.»

Me parecía oír esas palabras con un ritmo de una dulzura infinita, pues su mirada era casi sonora, y las frases que sus ojos me enviaban resonaban en el fondo de mi corazón como si una boca invisible las hubiera murmurado en mi alma. Me sentía dispuesto a renunciar a Dios y, sin embargo, mi corazón ejecutaba maquinalmente las formalidades de la ceremonia. La bella me lanzó una segunda mirada tan suplicante, tan desesperada que fue como si espadas aceradas me atravesaran el corazón y sentí en el pecho más puñales que la Dolorosa.

Ya era un hecho, era sacerdote.

Nunca fisonomía humana alguna mostró una angustia tan desgarradora; la joven que ve morir a su prometido súbitamente ante ella, la madre junto a la cuna vacía de su hijo, Eva sentada en el umbral de la puerta del paraíso, el avaro que encuentra una piedra en lugar de su tesoro, el poeta que deja caer al fuego el único manuscrito de su más bella obra, no muestran un aspecto más abrumado ni más inconsolable. La sangre abandonó por completo su encantador rostro, que se volvió blanco como el mármol; sus hermosos brazos cayeron a lo largo de su cuerpo, como si los músculos se hubieran ablandado, y se apoyó en una columna, ya que sus piernas flaqueaban y desfallecían. Yo, lívido, la frente inundada de un sudor más sangrante que el del Calvario, me dirigí, vacilante, hacia la puerta de la iglesia. Me ahogaba; las bóvedas me aplastaban los hombros; parecía como si mi cabeza sostuviera todo el peso de la cúpula.

Al franquear el umbral, una mano se apoderó bruscamente de la mía. ¡Una mano de mujer! Nunca había tocado ninguna. Era fría como la piel de una serpiente, pero me dejó una impresión ardiente como la marca de un hierro al rojo vivo. Era ella.

—¡Infeliz, infeliz! ¿Qué has hecho? —me dijo en voz baja; después desapareció entre la muchedumbre.

El anciano obispo pasó; me miró severamente. Mi comportamiento era de lo más extraño; palidecía, enrojecía, estaba muy turbado. Uno de mis compañeros se apiadó de mí, me cogió de la mano y me llevó con él; hubiera sido incapaz de encontrar solo el camino del seminario. A la vuelta de una esquina, mientras el joven sacerdote miraba hacia otro lado, un paje negro, vestido de forma extraña, se me acercó y, sin pararse, me entregó una pequeña cartera, con grabados de oro, indicándome que la escondiera. La deslicé en mi manga y la mantuve guardada hasta que me quedé solo en mi celda. Hice saltar el cierre, sólo contenía dos tarjetas con estas palabras: «Clarimonde, palacio Concini». Estaba entonces tan poco al corriente de las cosas de la vida que no conocía a Clarimonde, a pesar de su celebridad, e ignoraba por completo dónde estaba situado el palacio Concini. Hice mil conjeturas, a cual más extravagante; pero en verdad, con tal de volverla a ver, me inquietaba muy poco que fuera gran dama o cortesana.

Ese amor nacido hacía un instante se había enraizado de forma indestructible. Ni tan sólo pensaba en arrancarlo, pues sentía que era imposible. Esa mujer se había apoderado por completo de mí, una única mirada había bastado para transformarme; ella me había inspirado su voluntad; ya no vivía en mí, sino en ella y por ella. Hacía mil extravagancias, besaba mi mano en el lugar que ella había tocado y repetía su nombre horas enteras. Sólo con cerrar los ojos la veía con tanta claridad como si estuviera realmente presente, y me repetía las palabras que me había dicho en el pórtico de la iglesia: «¡Infeliz, infeliz! ¿Qué has hecho?». Entendía todo el horror de mi situación, y la condición fúnebre y terrible del estado que acababa de abrazar se me revelaba nítidamente. ¡Ser sacerdote! Es decir, casto. No amar, no distinguir ni sexo ni edad, apartarse de la belleza, arrancarse los ojos, arrastrarse bajo las sombras glaciales de un claustro o de una iglesia, ver únicamente moribundos, velar cadáveres desconocidos y llevar sobre uno mismo el duelo de la sotana negra, de modo que se pudiera convertir el hábito en sudario para el propio féretro.

Y sentía la vida venir a mí como un lago interior que crece y se desborda. La sangre me latía con fuerza en las arterias; mi juventud, tanto tiempo reprimida, estallaba de golpe, como el áloe que necesita cien años para florecer y que se abre tan aprisa como un trueno.

¿Cómo actuar para volver a ver a Clarimonde? No tenía pretexto alguno para salir del seminario, pues no conocía a nadie en la ciudad; ni siquiera debía quedarme allí, esperaba únicamente que me designasen la parroquia que debía ocupar. Intenté arrancar los barrotes de la ventana, pero se encontraba a una altura tremenda y, como no tenía escalera, era mejor no abordarla. Por otra parte sólo podía bajar de noche ¿cómo me habría guiado en el inextricable dédalo de las calles? Todas esas dificultades, que no hubieran sido nada para otros, eran inmensas para mí, pobre seminarista, bisoño enamorado, sin experiencia, sin dinero y sin traje de calle.

¡Ah! Si no hubiera sido sacerdote, hubiera podido verla todos los días, ser su amante, su esposo –me decía a mí mismo con obcecación–. En vez de estar envuelto en mi triste sudario, tendría trajes de seda y de terciopelo, cadenas de oro, una espada y plumas como los guapos y jóvenes caballeros. Mis cabellos, en lugar de estar deshonrados por una ancha tonsura, flotarían alrededor de mi cuello en ondulantes bucles. Tendría un hermoso y lustroso bigote, sería un valiente. Pero una hora ante el altar, unas palabras apenas articuladas, me apartaban para siempre del mundo de los vivos. ¡Y yo mismo había sellado la losa de mi tumba, yo mismo había corrido el cerrojo de mi prisión!

Me asomé a la ventana. El cielo estaba admirablemente azul, los árboles se habían puesto su traje de primavera. La naturaleza hacía alarde de una irónica alegría. La plaza estaba llena de gente; unos iban, otros venían; jóvenes galantes y jóvenes bellezas se dirigían, en pareja, hacia el jardín y los cenadores. Grupos de amigos pasaban cantando canciones báquicas; había un movimiento, una vida, un entusiasmo, una alegría que resaltaba penosamente mi duelo y mi soledad. Una joven madre, en el portal de su casa, jugaba con su hijo; le besaba su boquita rosa, aún perlada de gotas de leche, y le seducía con miles de esas divinas carantoñas que sólo las madres saben prodigar. El padre, de pie, a cierta distancia, sonreía dulcemente ante esa encantadora escena, y sus brazos cruzados estrechaban su alegría contra el corazón. No pude soportar ese espectáculo. Cerré la ventana y me tiré sobre la cama, sintiendo en el corazón un odio y una envidia espantosos; me mordí los dedos y mordí la manta como un tigre en ayunas de tres días.

No sé cuánto tiempo permanecí así; pero, al darme la vuelta en un arrebato espasmódico, vi al padre Sérapion, de pie, en el centro de la habitación, observándome atentamente. Me avergoncé de mí mismo y, hundiendo la cabeza en el pecho, me tapé los ojos con las manos.

–Romuald, amigo mío –me dijo Sérapion al cabo de unos minutos de silencio–, os sucede algo extraordinario. ¡Vuestra conducta es verdaderamente inexplicable! Vos, tan piadoso, tan calmoso y tan bondadoso, os agitáis en vuestra celda como una bestia salvaje. Cuidado, hermano, no escuchéis las sugestiones del diablo; el espíritu maligno, irritado porque os habéis consagrado para siempre al Señor, os merodea como un lobo rapaz y realiza un último esfuerzo para atraeros hacia él. En lugar de dejaros abatir, mi querido Romuald, haceos una coraza de plegarias, un escudo de mortificaciones, y combatid valientemente al enemigo. Le venceréis. La tentación es necesaria a la virtud y el oro sale más fino del crisol. No os espantéis ni os desaniméis; las almas mejor guardadas y las más firmes han sufrido momentos como éstos. Rezad, ayunad, meditad y el malvado espíritu se retirará.

El discurso del padre Sérapion me hizo volver en mí, y me calmé un poco.

–Venía a anunciaros vuestro nombramiento al frente de la parroquia de C***. El sacerdote que la ocupaba acaba de morir, y el señor obispo me ha encargado que os instale allí. Estad preparado para mañana.

Respondí con un gesto de cabeza, para indicar que estaría a punto, y el padre se retiró. Abrí mi misal y empecé a leer plegarias; pero pronto las líneas se tornaron confusas para mis ojos; el hilo de las ideas se embrolló en mi cerebro, y el volumen me cayó de las manos sin que me diera cuenta.

¡Marchar mañana sin haberla vuelto a ver! ¡Añadir otro imposible a los que ya existían entre nosotros! ¡Perder para siempre la esperanza de conocerla, a menos que sucediera un milagro! ¿Escribirle? ¿Por medio de quién haría llegar mi carta? Dado el carácter sagrado del que estaba revestido, ¿a quién podría abrir mi corazón?, ¿de quién fiarme? Sentía una terrible ansiedad. Además, lo que el padre Sérapion había dicho de los artificios del diablo me volvía a la memoria; lo extraño de la aventura, la belleza sobrenatural de Clarimonde, el brillo fosfórico de sus ojos, la impresión ardiente de su mano, la turbación en la que me había sumido, el súbito cambio que se había operado en mí, mi piedad desvanecida en un instante, todo eso probaba claramente la presencia del diablo, y esa mano satinada era quizás únicamente el guante con el que había cubierto su garra. Estas especulaciones me abismaron en un gran espanto, recogí el misal, que de mis rodillas había caído al suelo, y volví a rezar.

Al día siguiente, Sérapion vino a buscarme. Dos mulas nos esperaban a la puerta, cargadas con nuestro escaso equipaje; él montó en una y yo, más o menos bien, en la otra. Mientras recorríamos las calles de la ciudad, miraba todas las ventanas y balcones por si veía a Clarimonde, pero era demasiado pronto y la ciudad aún no había abierto los ojos. Mi mirada intentaba ver más allá de los estores y cortinas de todos los palacios ante los que pasábamos. Sérapion atribuía sin ninguna duda esa curiosidad a la admiración que me causaba la belleza de la arquitectura, pues aminoraba el paso de su montura para darme tiempo a ver. Finalmente llegamos a la puerta de la ciudad y empezamos a subir la colina. Cuando llegué a la cúspide, me giré para ver una vez más los lugares donde vivía Clarimonde. La sombra de una nube cubría enteramente la ciudad; los tejados azules y rojos se confundían en una neblina general, en la que flotaban aquí y allá, como blancos copos de espuma, los vapores de la mañana. Por un singular efecto óptico, se perfilaba, rubio y dorado por un único rayo de luz, un edificio que sobrepasaba en altura a las construcciones vecinas, completamente bañadas por la bruma; aunque estaba a más de una legua, parecía muy cercano. Se distinguían sus más pequeños detalles, las torretas, las azoteas, las ventanas e incluso las veletas de cola de milano.

–¿Qué palacio es ese que veo allá a lo lejos iluminado por un rayo de sol? –pregunté a Sérapion.

Se puso la mano a modo de visera y, al verlo, me contestó:

–Es el antiguo palacio que el príncipe Concini regaló a la cortesana Clarimonde. Allí suceden cosas espantosas.

En ese instante, no sé todavía si fue realidad o ilusión, creí ver cómo se deslizaba por la terraza una forma esbelta y blanca, que brilló un segundo y se apagó. ¡Era Clarimonde!

¡Oh! ¿Sabía ella que en ese momento, desde lo alto de aquel áspero camino que me alejaba de ella y que no debía rehacer jamás, ardiente e inquieto, yo me comía con los ojos el palacio que ella habitaba y que una irrisoria ilusión óptica me acercaba, para invitarme quizás a entrar allí como amo y señor? Sin duda lo sabía, pues su alma estaba tan simpáticamente unida a la mía que debía de notar la más pequeña emoción, y era ese sentimiento el que la había llevado, aún cubierta con los velos nocturnos, a subir a la terraza, en el glacial rocío de la mañana.

La penumbra se adueñó del palacio, y ya no fue sino un océano inmóvil de tejados donde únicamente se distinguía una ondulación sinuosa. Sérapion espoleó su mula, cuyo paso siguió enseguida la mía, y un recodo del camino me robó para siempre la ciudad de S..., pues no debía nunca regresar. Al cabo de tres días de camino por tristes campiñas, vimos despuntar, a través de los árboles, el gallo del campanario de la parroquia donde yo debía servir; y, tras haber recorrido varias calles tortuosas, flanqueadas por chozas y pequeños jardines de pobres casas de campo, nos encontramos ante la fachada, que no era de gran magnificencia. Un porche adornado con algunas nervaduras y dos o tres pilares de gres burdamente tallados, un tejado con tejas y contrafuertes del mismo gres que los pilares, eso era todo: a la izquierda, el cementerio lleno de altos hierbajos, con una gran cruz de hierro en el centro; a la derecha y a la sombra de la iglesia, la casa parroquial. Era una casa de una simplicidad extrema y de una árida limpieza. Entramos. Algunas gallinas picoteaban en el suelo unos escasos granos de avena; aparentemente acostumbradas a la negra sotana de los eclesiásticos, no se espantaron con nuestra presencia y apenas se movieron para dejarnos pasar. Un cascado y ronco ladrido se dejó oír, y vimos aparecer un viejo perro.

Era el perro de mi predecesor. Tenía la mirada apagada, el pelo gris y todos los síntomas de la más profunda vejez que un perro pueda alcanzar. Lo acaricié suavemente con la mano y enseguida empezó a caminar a mi lado, mostrando una indecible satisfacción. Una mujer bastante mayor, y que había sido el ama de llaves del anciano párroco, vino también a nuestro encuentro y, tras haberme hecho entrar en una sala de la planta baja, me preguntó si tenía intención de mantenerla en su puesto. Le respondí que me quedaría con ella, con ella y con el perro, y también con las gallinas y con todo el mobiliario que su amo le había dejado al morir, cosa que la llenó de gozo, pues el padre Sérapion le pagó en el acto el dinero que pedía a cambio.

Una vez yo instalado, el padre Sérapion volvió al seminario. Me quedé solo y sin otro apoyo que yo mismo. El recuerdo de Clarimonde volvió a obsesionarme y, aunque me esforzaba por alejarlo de mí, no siempre lo conseguía. Un anochecer, cuando me paseaba por las alamedas bordeadas de boj de mi pequeño jardín, me pareció ver a través de los arbustos una silueta femenina que seguía todos mis movimientos, y me pareció ver brillar entre las hojas las dos pupilas verde mar; pero era únicamente una ilusión y, al pasar por el otro lado del sendero, sólo encontré una huella de pies en la arena, tan pequeña que debía de ser la de un niño. El jardín estaba rodeado por muros muy altos; inspeccioné todos los rincones y recovecos, no había nadie. Jamás he podido explicarme este hecho que, por lo demás, no fue nada en comparación con las extrañas cosas que me sucedieron después. Viví durante un año cumpliendo con exactitud todos los deberes de mi estado: rezaba, ayunaba, consolaba y socorría a los enfermos, daba limosnas hasta despojarme de las cosas más indispensables. Pero sentía en mi interior una extrema aridez, y las fuentes de la gracia estaban cerradas para mí. No disfrutaba de esa felicidad que llega con el cumplimiento de una santa misión; mi pensamiento estaba en otra parte, y las palabras de Clarimonde me volvían a menudo a los labios como un estribillo cantado involuntariamente. ¡Oh, hermano, meditad bien esto! Por haber dirigido una sola vez la mirada a una mujer, por una falta aparentemente tan liviana, he padecido durante años las más miserables perturbaciones: mi vida ha sido trastornada para siempre.

No os entretendré por más tiempo con esas derrotas y victorias interiores seguidas siempre de recaídas más profundas, y pasaré inmediatamente a un acontecimiento decisivo. Una noche llamaron violentamente a mi puerta. La anciana ama de llaves abrió, y un hombre de tez cobriza y ricamente vestido, aunque en una moda extranjera, con un gran puñal, se perfiló a la luz del farol de Bárbara. Su primer impulso fue de horror; pero el hombre la calmó, y le dijo que necesitaba verme enseguida para algo concerniente a mi ministerio.

Bárbara le hizo subir. Yo iba a meterme en la cama. El hombre me dijo que su señora, una gran dama, estaba a punto de morir y deseaba un sacerdote. Respondí que estaba a punto para seguirle; cogí lo que necesitaba para la extremaunción y bajé a toda prisa. Junto a la puerta piafaban de impaciencia dos caballos negros como la noche, de cuyo pecho salían oleadas de vapor. Me sujetó el estribo y me ayudó a montar en uno de ellos, después saltó sobre el otro, apoyando solamente una mano en la perilla de la silla. Apretó las rodillas y soltó las riendas de su caballo, que partió como una flecha. El mío, cuya brida él sujetaba, se puso también al galope y se mantuvo simétrico al suyo. Devorábamos el camino; la tierra gris estriada desaparecía volando a nuestros pies, y las siluetas negras de los árboles huían como un ejército derrotado.
Atravesamos un lúgubre bosque, tan opaco y glacial que sentí un escalofrío de supersticioso terror recorrerme la piel. El brillo de chispas que las herraduras de nuestros caballos arrancaban a las piedras dejaban a nuestro paso como una estela de fuego, y si alguien, a esa hora de la noche, nos hubiera visto, a mi guía y a mí, nos hubiera tomado por dos espectros a caballo escapados de una pesadilla. Dos fuegos fatuos cruzaban de tanto en tanto el camino, y las chovas piaban lastimosamente en la espesura del bosque, donde brillaban de vez en cuando los ojos fosfóricos de algunos gatos salvajes. La crin de los caballos se desmelenaba cada vez más, el sudor chorreaba por sus

flancos, y el aliento les salía ruidoso y agitado por las aletas de la nariz. Pero, cuando los veía desfallecer, el escudero, para reanimarlos, lanzaba un grito gutural que no tenía nada de humano, y la carrera recomenzaba con furia. Por fin el torbellino se paró. Una masa negra punteada por algunos puntos brillantes se erigió súbitamente ante nosotros; los pasos de nuestras monturas resonaron más ruidosos sobre el suelo de hierro y entramos por una bóveda que abría su orificio sombrío entre dos enormes torres. Una gran agitación reinaba en el castillo; criados con antorchas en la mano cruzaban los patios en todas direcciones, y las luces subían y bajaban de rellano en rellano. Entreví confusamente inmensas estructuras arquitectónicas, columnas, arcadas, escalinatas y pendientes, todo un lujo de construcción regio y mágico. Un paje negro, el mismo que me había dado la tarjeta de Clarimonde, y al que reconocí enseguida, vino para ayudarme a descender del caballo, y un mayordomo, vestido de terciopelo negro con una cadena de oro en el cuello y un bastón de marfil en la mano, avanzó hacia mí. Gruesas lágrimas caían de sus ojos y rodaban por sus mejillas hasta la barba blanca.

–¡Demasiado tarde, señor sacerdote! –dijo moviendo la cabeza–. ¡Demasiado tarde! Pero, si no pudisteis salvar el alma, venid a velar el pobre cuerpo.

Me cogió por el brazo y me condujo a la sala fúnebre. Yo lloraba tanto y tan fuerte como él, pues había comprendido que la muerta no era otra

sino Clarimonde, tan y tan locamente amada.
Había un reclinatorio junto al lecho; una llama
azulada, que revoloteaba sobre una pátera de
bronce, iluminaba toda la habitación con una
débil e incierta luz, y aquí y allí hacía parpadear
en la sombra la arista saliente de un mueble o de
una cornisa. Sobre la mesa, en un jarrón grabado,
se hallaba una rosa blanca marchita, cuyos pétalos, a excepción de uno que se mantenía todavía,
habían caído a los pies del vaso como lágrimas
perfumadas; una máscara negra rota, un abanico,
disfraces de todo tipo, estaban tirados sobre los
sillones y dejaban entender que la muerte había
llegado a esa suntuosa residencia de improviso y
sin anunciarse. Me arrodillé, sin atreverme a
mirar el lecho, y empecé a recitar los salmos con
un gran fervor, dando gracias a Dios por haber
interpuesto la tumba entre el pensamiento de esa
mujer y yo, por poder incluir en mis plegarias su
nombre desde ese momento santificado. Pero
poco a poco ese impulso se moderó y me perdí en
ensueños. Esa habitación no tenía nada de cámara
mortuoria. En lugar del aire fétido y cadavérico
que estaba acostumbrado a respirar en las veladas
fúnebres, un lánguido perfume de esencias orien-
tales, no sé qué amoroso olor de mujer, nadaba
suavemente en el tibio ambiente. Ese pálido resplandor se parecía más a una media luz reservada
para la voluptuosidad que al reflejo amarillo de la
media luz que tiembla junto a los cadáveres.
Pensaba en el singular azar que me había hecho
reencontrar a Clarimonde en el momento en que

la perdía para siempre, y un suspiro de pena se escapó de mi pecho. Me pareció que también habían suspirado a mi espalda, y me giré involuntariamente. Era el eco. A causa de ese movimiento, mis ojos se dirigieron hacia el lecho mortuorio que hasta entonces había evitado. Las cortinas de damasco rojo con dibujos de flores, recogidas con entorchados de oro, dejaban ver a la muerta, acostada y con las manos juntas sobre el pecho. Estaba cubierta por un velo de lino de una blancura deslumbrante, que el púrpura oscuro de la cortina resaltaba aún más, de una finura tal que no escondía en lo más mínimo la forma encantadora de su cuerpo y permitía seguir esas bellas líneas ondulantes como el cuello de un cisne, que ni la muerte había podido poner rígidas. Parecía una estatua de alabastro realizada por un experimentado escultor para la tumba de una reina, o bien una joven dormida sobre la que hubiera nevado.

No podía dominarme más. El ambiente de la alcoba me embriagaba, el olor febril de rosa medio marchita me subía a la cabeza, y empecé a caminar a grandes pasos por la habitación, parándome a cada ángulo de la tarima para observar a la hermosa mujer bajo la transparencia del sudario. Extraños pensamientos me atravesaban el espíritu; me imaginaba que no estaba realmente muerta, y que aquello no era sino un fingimiento empleado para atraerme a su castillo y expresarme su amor. Por un instante, incluso creí haber visto que movía un pie bajo la blancura de los velos, y que se descomponían los pliegues rectos del sudario.

Y me decía: «¿Es realmente Clarimonde? ¿Qué pruebas tengo? Ese paje negro puede haber pasado al servicio de otra mujer. Debo de estar verdaderamente loco para afligirme y turbarme de este modo». Pero mi corazón me contestaba con un latido: «Claro que es ella». Me acerqué al lecho y miré más atentamente todavía el objeto de mi incertidumbre. ¿Os lo confesaré? La perfección de las formas, aunque purificada y santificada por la sombra de la muerte, me turbaba más voluptuosamente de lo que sería normal, y ese reposo se parecía tanto a un sueño que cualquiera podría haberse confundido. Olvidaba que había ido allí para un oficio fúnebre, e imaginaba que era un joven esposo entrando en la habitación de la recién desposada, que esconde su rostro por pudor y no quiere dejarse ver. Roto de dolor, loco de alegría, temblando de miedo y de placer, me incliné sobre ella y cogí el borde del velo; lo levanté lentamente, conteniendo la respiración para no despertarla. Mis arterias palpitaban con tal fuerza que las sentía silbar en las sienes, y mi frente chorreaba de sudor como si hubiera movido una losa de mármol. Era en efecto Clarimonde tal como la había visto en la iglesia el día de mi ordenación; era tan encantadora como entonces, y la muerte parecía en ella una coquetería más. La palidez de sus mejillas, el rosa menos vivo de sus labios, sus largas pestañas unidas y dibujando una línea morena sobre toda esa blancura, le proporcionaban una expresión de castidad melancólica y de sufrimiento pensativo, de un inefable poder de seducción; sus largos cabellos sueltos, entre los que aún había algunas florecillas azules, formaban una almohada para su cabeza y protegían con sus rizos la desnudez de los hombros; sus bellas manos, más perfectas, más diáfanas que una hostia, estaban cruzadas en una actitud de piadoso reposo y de tácita plegaria, y así corregían lo que hubieran podido tener de demasiado seductor, incluso en la muerte, la exquisita redondez y el refinado marfil de sus brazos desnudos, que no habían sido despojados de sus brazaletes de perlas. Permanecí largo tiempo absorto en una muda contemplación, y, cuanto más la miraba, menos podía creer que la vida hubiera abandonado para siempre aquel hermoso cuerpo. No sé si fue una ilusión o un reflejo de la lámpara, pero parecía que la sangre volvía a circular bajo esa mate palidez. Sin embargo, ella se mantenía completamente inmóvil. Toqué ligeramente su brazo; estaba frío, pero no más frío que su mano el día en que había rozado la mía bajo el pórtico de la iglesia. Volví a mi primera posición, inclinando mi rostro sobre el suyo y dejando caer sobre sus mejillas el tibio rocío de mis lágrimas. ¡Oh, qué amargo sentimiento de desesperación y de impotencia! ¡Qué agonía de velatorio! Hubiera querido poder condensar mi vida en un pedazo para dársela e infundir sobre sus helados restos mortales la llama que me devoraba. La noche avanzaba y, sintiendo que se acercaba el momento de la separación eterna, no pude negarme la triste y suprema dulzura de depositar un beso sobre los labios muertos de la que había poseído todo mi amor. ¡Oh prodigio! Una ligera respiración se confundió con la mía y la boca de Clarimonde respondió a la presión de la mía; sus ojos se abrieron y recobraron un cierto destello, suspiró y, descruzando los brazos, los pasó detrás de mi cuello con un semblante de inefable éxtasis.

–¡Ah, eres tú Romuald! –dijo en un tono lánguido y suave como las últimas vibraciones de un arpa–. ¿Qué has estado haciendo? Te esperé tanto tiempo que he muerto; pero ahora estamos prometidos, podré verte e ir a tu casa. ¡Adiós, Romuald, adiós! Te amo. Es todo cuanto quería decirte, y te devuelvo la vida que me has insuflado un minuto con tu beso. Hasta pronto.

Su cabeza cayó hacia atrás, pero continuaba rodeándome con sus brazos, como para retenerme. Un torbellino de intenso viento abrió la ventana y entró en la habitación; el último pétalo de la rosa blanca palpitó unos instantes como un ala en la punta del tallo, después se desprendió y escapó por la ventana abierta, llevándose con ella el alma de Clarimonde. La lámpara se apagó y yo caí desvanecido sobre el seno de la bella muerta.

Cuando volví en mí, estaba acostado en mi cama, en mi pequeña habitación de la parroquia, y el viejo perro del anciano cura lamía mi mano, que sobresalía de la manta. Bárbara se movía por la habitación con un temblor senil; abría y cerraba los cajones, o removía los jarabes de los frascos.

Al verme abrir los ojos, la anciana gritó de alegría, el perro ladró y movió la cola; pero me sentía tan débil, que no pude articular una palabra ni hacer el más mínimo movimiento. Supe después que había estado tres días así, sin dar otro signo de vida que una respiración casi imperceptible. Esos tres días no cuentan en mi vida, y no sé dónde estuvo mi espíritu durante ese tiempo; no guardo ningún recuerdo. Bárbara me contó que el mismo hombre de tez cobriza que había venido a buscarme durante la noche me había devuelto por la mañana en una litera cerrada y se había marchado inmediatamente. Tan pronto como recobré el sentido, repasé todas las circunstancias de aquella aciaga noche. Primero pensé que había sido el juguete de una ilusión mágica; pero circunstancias reales y palpables destruyeron muy pronto esa suposición. No podía creer que había soñado, puesto que Bárbara había visto como yo al hombre de los dos caballos negros y describía su compostura y porte con exactitud. Sin embargo, nadie conocía en los alrededores la existencia de un castillo que se correspondiera con la descripción de aquel en el que había encontrado a Clarimonde.

Una mañana vi aparecer al padre Sérapion. Bárbara le había comunicado que estaba enfermo, y acudió a toda prisa. Aunque ese apresuramiento demostraba afecto e interés por mi persona, su visita no me complació como hubiera debido hacerlo. El padre Sérapion tenía en la mirada un algo penetrante e inquisidor que me molestaba. Me sentía azorado y culpable en su presencia. Había sido el primero en descubrir mi turbación interior, y yo estaba resentido por su clarividencia.

Mientras se interesaba por mi salud con un tono hipócritamente meloso, clavaba sobre mí sus dos pupilas amarillas de león y sumergía como una sonda su mirada en mi alma. Después me hizo algunas preguntas sobre la forma en que dirigía la parroquia, sobre si me sentía a gusto, a qué dedicaba el tiempo que mi ministerio me dejaba libre, si había entablado amistades con las gentes del lugar, cuáles eran mis lecturas favoritas, y mil otros detalles parecidos. Yo respondía a todo eso con la mayor brevedad posible, y él, sin esperar que hubiera terminado, pasaba a otra cosa. Esa conversación no tenía evidentemente ninguna relación con lo que quería decirme. Así pues, sin preludio alguno, y como si se tratara de una noticia de la que se acordara de pronto y que temiera olvidar enseguida, me dijo con una voz clara y vibrante, que resonó en mis oídos como las trompetas del juicio final:

–La gran cortesana Clarimonde ha muerto recientemente, tras una orgía que duró ocho días y ocho noches. Fue algo infernalmente espléndido. Se repitieron las abominaciones de los festines de Baltasar y de Cleopatra. ¡En qué siglo vivimos, Dios mío! Los comensales fueron servidos por esclavos morenos, que hablaban una lengua desconocida y que debían ser verdaderos demonios; la librea del menos importante hubiera podido servir de vestido de gala a un emperador. Desde siempre han circulado sobre esa Clarimonde historias muy extrañas, y todos sus amantes murieron de una manera miserable o violenta. Se dijo que era un ser sobrenatural, una mujer vampiro; pero yo creo que se trataba de Belcebú en persona.

Se calló y me observó más atentamente que nunca, para ver el efecto que me producían sus palabras. No había podido evitar cambiar el gesto al oír nombrar a Clarimonde, y la noticia de su muerte, además del dolor que me causaba por su extraña coincidencia con la escena nocturna de la que había sido testigo, me sumió en una turbación y un espanto que se reflejaron en mi rostro, aunque hice lo posible para dominarme. Sérapion me dirigió una mirada inquieta y severa. Después me dijo:

–Hijo mío, debo advertiros, tenéis un pie al borde del abismo, procurad no caer en él. Satanás tiene las garras muy largas, y las tumbas son traicioneras. La losa de Clarimonde debería haber sido sellada tres veces; pues, por lo que se dice, no es la primera vez que muere. Que Dios os guarde, Romuald.

Después de decir estas palabras, Sérapion salió lentamente de la habitación, y no le volví a ver, pues se fue a S*** casi inmediatamente.

Yo estaba completamente restablecido y había retomado mis ocupaciones habituales. El recuerdo de Clarimonde y las palabras del padre Sérapion estaban siempre presentes en mi espíritu; sin embargo, ningún acontecimiento extraordinario había confirmado los fúnebres pronósticos de Sérapion y empezaba a creer que sus temores y mis miedos eran muy exagerados; pero una noche tuve un sueño. Apenas había bebido los primeros sorbos del sueño, cuando oí que se abrían las cortinas del dosel de mi cama y se deslizaban las anillas en las barras con un ruido estrepitoso. Me incorporé bruscamente sobre los codos y vi una sombra femenina, de pie, ante mí. Reconocí de inmediato a Clarimonde. Sostenía en la mano una lamparita como esas que se ponen en las tumbas, cuyo resplandor daba a sus dedos delgados una transparencia rosa que se prolongaba, en una degradación casi insensible, hasta la blancura opaca y lechosa de su brazo desnudo. Por toda indumentaria llevaba el sudario de lino que la cubría en su lecho mortuorio, y sujetaba sus pliegues sobre el pecho, como avergonzada de estar casi desnuda, pero su pequeña mano no bastaba, era tan blanca que el color de la ropa se confundía con el de la carne a la pálida luz de la lámpara. Envuelta en ese fino tejido que traicionaba todo el contorno de su cuerpo, se parecía más a la estatua de mármol de una bañista antigua que a una mujer viva. Muerta o viva, estatua o mujer, sombra o cuerpo, su belleza continuaba siendo la misma; únicamente el brillo verde de sus pupilas estaba un poco apagado, y su boca, tan roja antaño, sólo tenía un matiz rosa pálido y suave, casi igual al de sus mejillas. Las florecillas azules que había visto en sus cabellos se habían secado por completo y casi habían perdido todos sus pétalos; pero eso no impedía que estuviera encantadora, tan encantadora que, a pesar de la singularidad de la aventura y de la manera inexplicable en que había entrado en la habitación, no sentí miedo ni por un instante.

Colocó la lámpara sobre la mesa y se sentó a los pies de mi cama. Después me dijo, inclinándose sobre mí, con una voz argentina y aterciopelada a un tiempo, que sólo he conocido en ella:

—Me he hecho esperar, mi querido Romuald, y sin duda debiste creer que te había olvidado. Pero es que vengo de muy lejos, de un lugar del que nadie todavía ha regresado: no hay ni luna ni sol en el país del que vuelvo; sólo hay espacio y sombras; no hay ni caminos, ni senderos, ni suelo para los pies, ni aire para las alas, y, sin embargo, heme aquí, pues el amor es más fuerte que la muerte y acabará por vencerla. ¡Ah, cuántos rostros tristes y cuántas cosas terribles he visto en mi viaje! ¡Cuántos sufrimientos una vez devuelta al mundo por el poder de la voluntad, ha padecido mi alma, para reencontrar su cuerpo y gozarlo de nuevo! ¡Cuántos esfuerzos necesité para poder levantar la losa que me cubría! ¡Mira, las palmas de mis manos aún están magulladas! ¡Bésalas para curarlas, amor mío!

Me aproximó, la una después de la otra, las palmas frías de sus manos a la boca. Las besé efectivamente muchas veces, y ella me miraba hacer con una sonrisa de inefable complacencia.

Confieso para mi vergüenza que había olvidado por completo las advertencias del padre Sérapion y el carácter del que estaba revestido. Me había rendido sin resistencia y al primer asalto. Ni tan sólo había intentado apartar de mí la tentación; el frescor de la piel de Clarimonde penetraba en la mía, y sentía estremecerse todo mi cuerpo voluptuosamente. ¡Mi pobre niña! A pesar de todo lo que vi, aún me cuesta creer que fuera un demonio; al menos no lo parecía, y nunca Satanás escondió mejor sus garras y sus cuernos. Se había sentado sobre las rodillas y acurrucado en el borde de la cama, en una postura llena de coquetería descuidada. De vez en cuando, pasaba sus manos por mis cabellos y los enrollaba en bucles como para probar nuevos peinados para mi cara. Yo me dejaba hacer con la más culpable complacencia, y ella acompañaba los gestos con la más adorable locuacidad. Una cosa observé, y es que no me sorprendía en absoluto una aventura tan extraordinaria, y admitía fácilmente como normales acontecimientos muy extraños.

—Te amaba mucho antes de haberte visto, querido Romuald, y te buscaba por todas partes. Eras mi ensueño, y te descubrí en la iglesia en el momento fatal. Me dije enseguida: ¡Es él! Te dirigí una mirada en la que puse todo el amor que había sentido, que sentía y que debía sentir por ti, una mirada capaz de condenar a un cardenal, poner de rodillas a mis pies un rey ante toda su corte.

»Permaneciste impasible y preferiste a tu Dios.

¡Ah, qué celosa estoy de Dios, al que has amado y amas aún más que a mí!

»¡Infeliz, infeliz de mí! Jamás tu corazón me pertenecerá únicamente a mí, a mí que he resucitado con tu beso, Clarimonde la muerta que supera por ti las puertas de la tumba y que acaba de consagrarte una vida recuperada para hacerte feliz.

Todas esas palabras se entrecortaban por caricias delirantes, que aturdieron mis sentidos y mi razón hasta tal punto que no temí, para consolarla, proferir una horrorosa blasfemia y decirle que la amaba tanto como a Dios.

Sus pupilas se reavivaron y brillaron como crisopacios.

–¡De verdad, de verdad! ¡Tanto como a Dios! –dijo, rodeándome con sus brazos–. Puesto que es así, vendrás conmigo, me seguirás donde yo quiera. Abandonarás ese ruin hábito negro. Serás el caballero más orgulloso y más envidiado, serás mi amante. Ser el amante reconocido de Clarimonde, que rechazó a un papa, ¡es hermoso! ¡Ah, seremos felices, viviremos una dorada existencia! ¿Cuándo marchamos, hidalgo mío?

–¡Mañana! ¡Mañana! –gritaba en mi delirio.

–De acuerdo, ¡mañana! –prosiguió–. Tendré tiempo de cambiar de vestido, pues éste es demasiado sencillo y no sirve para el viaje. También tengo que avisar a mis criados, que me creen realmente muerta y están muy tristes. El dinero, los trajes, los coches, todo estará a punto, vendré a buscarte a esta misma hora. Adiós, corazón mío.

Y rozó mi frente con sus labios. La lámpara se apagó, las cortinas se cerraron y no vi nada más; un sueño de plomo, un sueño sin sueños se apoderó de mí y me mantuvo embotado hasta la mañana siguiente. Me desperté más tarde que de costumbre, y el recuerdo de esa singular aparición me preocupó todo el día. Acabé por persuadirme de que todo había sido producto de mi imaginación calenturienta. Sin embargo, las sensaciones habían sido tan vivas que era difícil creer que no eran reales, y me fui a la cama no sin ciertos temores por lo que podía suceder, después de haber rogado a Dios que alejara de mí los malos pensamientos y protegiera la castidad de mi sueño.

Me dormí enseguida y profundamente, y mi sueño continuó. Se corrieron las cortinas, y vi a Clarimonde, no como la primera vez, pálida en su blanco sudario y con las violetas de la muerte en las mejillas, sino alegre, decidida y saludable, con un espléndido traje de viaje en terciopelo verde, adornado con botones de oro y recogido hacia los lados para dejar ver una falda de satén. Sus rubios cabellos se escapaban en grandes rizos de un amplio sombrero de fieltro negro, adornado con plumas blancas distribuidas caprichosamente. Sujetaba con la mano una pequeña fusta rematada en oro, con la que me tocó suavemente mientras me decía:

–¡Y bien, guapo durmiente! ¿Es así como haces los preparativos? Esperaba encontrarte levantado. Levántate enseguida, que no tenemos tiempo que perder.

Salté de la cama.

–Vamos, ¡vístete y marchemos! –dijo, señalándome un pequeño paquete que había traído–. Los caballos se aburren y tascan el freno en la puerta. Deberíamos estar ya a diez leguas de aquí.

Me vestí rápidamente. Ella me tendía la ropa, riéndose a carcajadas de mi torpeza e indicándome cómo debía hacerlo cuando me equivocaba. Me peinó y, cuando hubo acabado, me alargó un espejo de bolsillo de cristal de Venecia con filigranas de plata, y me dijo:

–¿Cómo te ves? ¿Quieres emplearme como ayuda de cámara?

No era el mismo, y no me reconocí. Era tan diferente a mi anterior yo como lo es una escultura acabada de un bloque de piedra. Mi antiguo rostro no parecía ser sino el torpe esbozo del que el espejo ahora reflejaba. Era guapo, y mi vanidad sentía una muy agradable sensación con esa metamorfosis. Aquellas elegantes ropas, el traje ricamente bordado, me convertían en una persona diferente, y admiré el poder que tenían unas varas de tela cortadas con estilo. La condición de mi traje me penetraba la piel, y al cabo de diez minutos ya era un poco fatuo.

Di unas cuantas vueltas por la habitación para sentirme cómodo. Clarimonde me miraba con un semblante de maternal complacencia y parecía muy contenta con su obra.

–Ya está bien de chiquilladas, ¡en marcha, querido Romuald! Vamos muy lejos y, si nos entretenemos, no llegaremos nunca.

Me cogió de la mano y me llevó con ella. Todas las puertas se abrían a su paso tan pronto como las tocaba, y pasamos junto al perro sin despertarlo.

En la puerta encontramos a Margheritone. Era el escudero que me había guiado la primera vez; sujetaba la brida de tres caballos negros como los primeros, uno para mí, otro para él, otro para Clarimonde. Esos caballos debían de ser caballos berberiscos de España, nacidos de yeguas fecundadas por el céfiro, pues corrían tanto como el viento, y la luna, que había salido a nuestra partida, como para iluminarnos, rodaba por el cielo cual una rueda desatada de su carro; la veíamos a nuestra derecha saltando de árbol en árbol y perdiendo el aliento por correr tras nosotros. Llegamos pronto a una llanura, donde, cerca de un bosquecillo de árboles, nos esperaba un coche con cuatro vigorosas bestias. Subimos, y el postillón las hizo galopar de una manera insensata. Mi brazo rodeaba la cintura de Clarimonde y una de sus manos estrechaba la mía; ella apoyaba la cabeza en mi hombro, y sentía su pecho medio desnudo rozar mi brazo. Nunca había experimentado un placer tan vivo. En aquel momento lo había olvidado todo, y no recordaba mejor haber sido sacerdote que lo que recordaba haber hecho en el vientre de mi madre, tal era la fascinación que el espíritu maligno ejercía sobre mí. A partir de esa noche, mi naturaleza, en cierta manera, se desdobló, y hubo en mí dos hombres que no se conocían el uno al otro. A veces creía ser un sacerdote que soñaba cada noche ser un caballero, y a veces creía ser un caballero que soñaba que era sacerdote. Ya no podía distinguir el sueño de la vigilia, y no sabía dónde empezaba la realidad ni dónde acababa la ilusión. El joven caballero fatuo y libertino se burlaba del sacerdote, el sacerdote detestaba las corrupciones del joven caballero. Dos espirales encabestradas una en la otra y unidas sin tocarse jamás representaban a la perfección esa vida bicéfala que llevaba.

A pesar de lo extraño de esa posición, no creo haber rozado la locura ni un solo instante. Siempre mantuve muy netamente distintas las percepciones de mis dos existencias. Sólo había un hecho absurdo que no me podía explicar: era el sentimiento de que un mismo ego existiera en dos hombres tan diferentes. Era una anomalía de la que no era consciente, ya fuera que creyera ser el sacerdote del pueblecito de *** o *il signor Romualdo*, amante titular de Clarimonde.

Lo cierto es que me encontraba, o creía encontrarme, en Venecia. Aún no he podido distinguir lo que había de ilusión y de realidad en esa extraña aventura. Vivíamos en un gran palacio de mármol en el Canaleio, adornado con frescos y estatuas, con dos Ticianos de la mejor época en el dormitorio de Clarimonde, un palacio digno de un rey. Teníamos cada uno una góndola y un barquero con nuestro escudo, teníamos nuestra sala de música y nuestro poeta. Clarimonde entendía la vida a lo grande, y tenía algo de Cleopatra en su manera de ser. Por lo que a mí respecta, llevaba un tren de vida digno del hijo de un príncipe, y me pavoneaba como si fuera de la familia de uno de los doce apóstoles o de los cuatro evangelistas de la serenísima república. No hubiera cedido el paso ni al mismísimo dux, y no creo que, desde que Satanás cayera del cielo, existiera nadie más orgulloso e insolente que yo. Iba al Ridotto, y jugaba de manera endiablada. Me codeaba con la alta sociedad mundana, hijos de familias arruinadas, actrices, estafadores, parásitos y espadachines. Sin embargo, a pesar de la corrupción de esa vida, permanecí fiel a Clarimonde. La amaba locamente. Ella habría espabilado a la mismísima saciedad y había vuelto inalterable la inconstancia. Poseer a Clarimonde era como tener mil amantes, era como poseer a todas las mujeres, pues era cambiante, mudable y diferente de ella misma. ¡Un verdadero camaleón! Me hacía cometer con ella la infidelidad que hubiera cometido con otras, adoptando el carácter, el aspecto y la belleza de la mujer que parecía gustarme. Me devolvía mi amor centuplicado, y fue en vano que los jóvenes patricios e incluso los ancianos del Consejo de los Diez le hicieran magníficas proposiciones. Hasta un Foscari llegó a proponerle matrimonio. Lo rechazó todo. Tenía riquezas suficientes; únicamente quería amor, un amor joven, puro, nacido para ella, y que debía ser el primero y el último. Yo hubiera sido completamente feliz, a no ser por una condenada pesadilla que tenía cada noche, en la que me creía un cura de pueblo que se mortificaba y hacía penitencia por mis excesos del día. Tranquilizado por la costumbre de estar con ella, ya casi no pensaba en la extraña forma en que había conocido a Clarimonde. Sin embargo, lo que había dicho el padre Sérapion me venía algunas veces a la memoria y no dejaba de inquietarme.

Desde hacía algún tiempo la salud de Clarimonde no era muy buena; su tez se apagaba día a día. Los médicos que hice acudir no entendieron nada de su enfermedad, y no supieron qué hacer. Prescribieron algunas medicinas insustanciales y no regresaron. Sin embargo, ella palidecía a ojos vistas y cada vez estaba más fría. Estaba casi tan blanca y tan muerta como la famosa noche en el castillo desconocido. Me afligía ver cómo languidecía lentamente. Conmovida por mi dolor, me sonreía dulce y tristemente, con la sonrisa fatal de los que saben que van a morir.

Una mañana, tomaba el desayuno sentado en una mesita junto a su cama para no separarme de ella ni un minuto. Al cortar la fruta, me hice por casualidad un corte bastante profundo en el dedo. La sangre corrió enseguida en hilillos color púrpura, y algunas gotas cayeron sobre Clarimonde. Sus ojos se iluminaron, su fisonomía adquirió una expresión de gozo feroz y salvaje que no le había visto nunca antes. Saltó de la cama con una agilidad animal, una agilidad de mono o de gato, y se precipitó sobre mi herida, que empezó a chupar con un semblante de inexpresable voluptuosidad. Tragaba la sangre a pequeños sorbos, lenta y amaneradamente, como un gourmet que saborea un vino de Jerez o de Siracusa; entrecerraba los ojos, y sus pupilas verdes, en vez de redondas, se habían alargado. De vez en cuando, paraba para besarme la mano, después volvía a apretar con sus labios los labios de la herida para sacar todavía algunas gotas rojas. Cuando vio que no salía más sangre, se levantó con una mirada húmeda y brillante, más rosada que una aurora de mayo, el rostro feliz, las manos tibias, incluso sudorosas, en fin, más bella que nunca y en perfecto estado de salud.

–¡No moriré! ¡No moriré! –decía loca de alegría y colgándose a mi cuello–. Podré amarte aún mucho tiempo. Mi vida está en la tuya, y todo mi yo emana de ti. Unas gotas de tu rica y noble sangre, más valiosa y eficaz que todos los elixires del mundo, me han devuelto la vida.

Esa escena me preocupó largo tiempo y me inspiró extrañas dudas respecto a Clarimonde, y aquella misma noche, cuando el sueño me devolvió a mi parroquia, vi al padre Sérapion más grave y preocupado que nunca. Me miró atentamente y me dijo:

–No contento con perder vuestra alma, queréis también perder vuestro cuerpo. ¡Desgraciado muchacho, en qué trampa habéis caído!

El tono en que me dijo esas pocas palabras me afectó profundamente; pero, a pesar de su viveza, esa impresión se disipó muy pronto, y mil otras solicitudes acabaron por borrarla de mi espíritu. Sin embargo, una noche vi en mi espejo, cuya pérfida posición Clarimonde no había observado, cómo ella vertía unos polvos en la copa de vino que tenía por costumbre preparar después de la comida. Cogí la copa y, fingí llevármela a los labios, la coloqué sobre un mueble, como para acabarla más tarde con toda tranquilidad, y, aprovechando un instante en que la hermosa estaba de espaldas, derramé el contenido sobre la mesa. Después me retiré a mi habitación y me acosté, decidido a no dormirme y ver qué pasaba. No esperé mucho. Clarimonde entró en camisón y, después de desprenderse de sus velos, se estiró en la cama junto a mí. Cuando se hubo asegurado de que dormía, dejó al descubierto mi brazo y sacó un alfiler de oro de sus cabellos. Después murmuró en voz baja:

—¡Una gota, sólo una gotita roja, un rubí en la punta de mi aguja!... Puesto que todavía me amas, es preciso que no muera... ¡Ah, pobre amor, voy a beber tu hermosa sangre, de un color púrpura tan brillante! ¡La beberé! Duerme, mi único bien; duerme, mi dios, mi niño. No te haré daño; sólo cogeré de tu vida lo imprescindible para que la mía no se apague. Si no te amara tanto, podría decidirme a tener otros amantes cuyas venas secaría; pero desde que te conozco, todo el mundo me horroriza... ¡Ah, qué brazo tan bello, tan redondeado, tan blanco! No me atreveré nunca a pinchar esa bonita vena azul.

Y, al decir esto, lloraba, y yo sentía caer sus lágrimas sobre mi brazo, que tenía entre sus manos. Finalmente se decidió, me pinchó con su aguja y empezó a chupar la sangre que se derramaba. Aunque apenas había bebido algunas gotas, tuvo miedo de agotarme, y me colocó cuidadosamente un apósito, después de haber friccionado la herida con un ungüento que la cicatrizó de inmediato.

Ya no cabían dudas, el padre Sérapion tenía razón. Sin embargo, a pesar de la certeza, no podía dejar de amar a Clarimonde, y le hubiera dado gustoso toda la sangre que necesitaba para mantener su existencia ficticia. Por otra parte, no tenía miedo. La mujer me respondía del vampiro, y lo que había oído y visto me tranquilizaba por completo; tenía yo entonces unas venas fértiles que no se habrían agotado con facilidad, y no regateaba mi vida gota a gota. Yo mismo me habría abierto el brazo y le habría dicho:

–¡Bebe, y que mi amor se cuele en tu cuerpo con mi sangre!

Evitaba hacer la más mínima alusión al narcótico que me había dado y a la escena de la aguja, y vivíamos en perfecta armonía. Sin embargo, mis escrúpulos de sacerdote me atormentaban más que nunca, y ya no sabía qué nueva maceración inventar para meter en cintura y mortificar mi carne. Aunque todas esas visiones fueran involuntarias y sin la menor participación por mi parte, no osaba tocar a Cristo con unas manos tan impuras y un espíritu manchado por semejantes excesos reales o soñados. Para evitar caer en esas fatigosas alucinaciones, intentaba evitar dormir, me mantenía los párpados abiertos con los dedos, y permanecía de pie apoyado en la pared, luchando con todas mis fuerzas contra el sueño. Pero la arena de la somnolencia me cerraba muy pronto los ojos y, al ver que mi lucha era inútil, dejaba caer los brazos, cansado y desalentado, y el curso de las cosas me arrastraba hacia la pérfida orilla. Sérapion me hacía las más vehementes exhortaciones, y me reprochaba severamente mi desidia y mi falta de fervor. Un día que yo estaba más excitado que de costumbre, me dijo:

–Sólo hay una manera de quitaros esa obsesión y, aunque es muy violenta, es preciso usarla: a grandes males, grandes remedios. Sé dónde fue enterrada Clarimonde. La desenterraremos y veréis en qué lastimoso estado se encuentra el objeto de vuestro amor; entonces ya no permitiréis ser tentado por un cadáver inmundo devorado por gusanos y a punto de convertirse en polvo. Eso os hará entrar en razón.

Por lo que a mí respecta, estaba tan cansado de esa doble vida, que acepté: deseaba saber de una vez por todas quién –el cura o el caballero– era víctima de una ilusión, estaba decidido a acabar con uno u otro o incluso con los dos hombres que vivían en mí, pues una vida como aquélla no podía continuar. El padre Sérapion se armó de un pico, una palanca y una linterna, y a medianoche nos dirigimos al cementerio de ***, cuya disposición conocía perfectamente. Tras haber iluminado con la linterna sorda las inscripciones de varias tumbas, llegamos por fin ante una piedra medio escondida por grandes hierbas y devorada por el musgo y plantas parásitas, donde desciframos este inicio de inscripción:

> *Aquí yace Clarimonde,*
> *que fue mientras vivió*
> *la más bella del mundo.*
> ....

–Es aquí –dijo Sérapion, y, dejando en el suelo su linterna, deslizó la palanca por el intersticio de la piedra y empezó a levantarla.

La piedra cedió, y entonces se puso a la obra con el pico. Yo le miraba hacer, más oscuro y silencioso que la noche misma; mientras él, encorvado sobre su fúnebre trabajo, chorreaba sudor, jadeaba, y su respiración entrecortada parecía el estertor de un agonizante. Era un espectáculo extraño y, si alguien nos hubiera visto desde fuera, nos hubiera tomado por profanadores y ladrones de sudarios, y no por sacerdotes del Señor. El celo de Sérapion tenía algo de duro y de salvaje que le hacía parecer más un demonio que un apóstol o un ángel, y su rostro de rasgos austeros, nítidamente perfilados por el reflejo de la linterna, no tenía nada de tranquilizador. Yo sentía mis miembros perlarse de un sudor glacial, y los cabellos se me erizaban dolorosamente; en lo más profundo de mí mismo, veía la acción del severo Sérapion como un abominable sacrilegio, y hubiera querido que del flanco de las sombrías nubes que avanzaban pesadamente sobre nosotros saliera un triángulo de fuego que le redujera a polvo. Los búhos encaramados en los cipreses, inquietos por el brillo de la linterna, venían a azotar pesadamente sus cristales con sus alas polvorientas y gemían lastimosos; los zorros aullaban a lo lejos, y mil ruidos siniestros germinaban en el silencio. Finalmente el pico de Sérapion tropezó con el ataúd, cuyas tablas resonaron con un ruido sordo y sonoro, ese terrible ruido que produce la nada cuando se la toca. Volcó la tapa, y vi a Clarimonde, pálida como el mármol, con las manos unidas; su blanco sudario formaba un único pliegue de la cabeza a los pies. Una gotita roja brillaba como una rosa en la comisura de su boca descolorida. Al verla, Sérapion se enfureció:

—¡Ah, aquí estás, demonio, cortesana impúdica, bebedora de sangre y de oro!– y roció con agua bendita el cuerpo y el ataúd, sobre el que dibujó la señal de la cruz con su hisopo.

Tan pronto como el santo rocío tocó a la pobre Clarimonde, su bello cuerpo se convirtió en polvo; ya no fue sino una mezcolanza horrorosamente deforme de cenizas y huesos medio calcinados.

—He aquí a vuestra amante, señor Romuald –dijo el inexorable sacerdote, mostrándome los tristes restos mortales–. ¿Aún queréis ir a pasear al Lido y a Fusine con esta belleza?

Bajé la cabeza, sentía una profunda pérdida en mi interior. Volví a mi parroquia, y el caballero Romuald, amante de Clarimonde, se despidió del pobre cura, a quien durante tanto tiempo había estado tan extrañamente unido. Únicamente, a la noche siguiente, vi a Clarimonde. Me dijo, como la primera vez en el pórtico de la iglesia:

—¡Infeliz, infeliz! ¿Qué has hecho? ¿Por qué has escuchado a ese cura imbécil? ¿No eras feliz? ¿Y qué te había hecho yo, para que violaras mi pobre tumba y pusieras al desnudo las miserias de mi nada? Desde ahora se ha roto para siempre cualquier comunicación entre nuestras almas y nuestros cuerpos. Adiós, me echarás de menos.

Se disipó en el aire como el humo y no la he vuelto a ver.

Desgraciadamente tenía razón: la he echado de menos más de una vez y aún la echo de menos. La paz de mi alma fue pagada a un precio muy caro; el amor de Dios no bastaba para substituir el suyo. He aquí, hermano, la historia de mi juventud. No miréis nunca a una mujer, y caminad siempre con los ojos fijos en el suelo, pues, por más casto y prudente que seáis, un solo minuto basta para haceros perder la eternidad.

El pie de momia

Un día de ocio, entré en una de esas tiendas de curiosidades llamadas de bric-à-brac en el argot parisino, palabra perfectamente ininteligible en el resto de Francia.

Sin duda habéis ojeado, a través de la ventana, alguna de esas tiendas, que han proliferado tanto desde que está de moda comprar muebles antiguos, de manera que el más insignificante agente de cambio y bolsa se cree obligado a tener una *habitación de estilo medieval*.

Son tiendas que amalgaman el obrador del chatarrero, el almacén del tapicero, el laboratorio del alquimista y el estudio del pintor. En esos misteriosos antros, donde los postigos filtran una prudente media luz, lo que hay más notoriamente antiguo es el polvo; las telarañas son más auténticas que los encajes, y el viejo peral es más joven que la caoba recién llegada de América.

La tienda de mi marchante de bric-à-brac era un verdadero Cafarnaúm. Todos los siglos y todos los países parecían haberse dado cita allí; una lámpara etrusca de arcilla descansaba sobre un armario de Boule de madera de ébano severamente estriada por filamentos de cobre; un canapé de la época de Luis XV estiraba lánguidamente sus patas encorvadas hacia fuera bajo una gruesa mesa del reinado de Luis XIII, de pesadas espirales de madera de roble, con realces de follajes y de quimeras entremezclados.

Una armadura damasquinada de Milán hacía brillar en un rincón el vientre marcado con rayas longitudinales de su coraza. Amorcillos y ninfas de porcelana, jarrones de China, cuernos de esmalte oriental, tazas de Sajonia y de Sevres atestaban las estanterías y los rincones.

En las repisas denticuladas de los aparadores, brillaban inmensas bandejas de Japón, de dibujos rojos y azules, realzados con trazos de oro, al lado de esmaltes de Bernard Palissy, que representaban culebras, ranas y lagartos en relieve.

De armarios abiertos se escapaban cascadas de seda con ribetes de plata, un mar de brocados, que un oblicuo rayo de sol llenaba de puntos luminosos. Retratos de todas las épocas sonreían a través de su amarillento barniz en marcos más o menos ajados.

El marchante me seguía con precaución por el tortuoso paso abierto entre las pilas de muebles, frenando con la mano el vuelo aventurado de los faldones de mi traje, vigilando mis codos con la atención inquieta del anticuario y del usurero.

El marchante tenía una cara singular: un cráneo inmenso, pulido como una rodilla, rodeado por una escasa aureola de cabellos blancos, que hacían resaltar más vivamente el tono salmón claro de la piel, le daba un falso aire de bondad patriarcal, corregido, por otra parte, por el brillo de dos ojitos amarillos, que titilaban en sus órbitas como dos luises sobre el azogue. La curvatura de la nariz tenía una silueta aguileña que recordaba el tipo oriental o judío. Sus manos, pequeñas, enjutas, venosas, llenas de nervios tensados como las cuerdas de un violín, armadas con unas uñas semejantes a las que terminan las alas membranosas de los murciélagos, mostraban un movimiento de oscilación senil, muy inquietante para el que lo percibía; pero estas manos agitadas por tics febriles se volvían más firmes que tenazas de acero o pinzas de cangrejo cuando levantaban algún objeto precioso, una copa de ónice, un jarrón de Venecia o una bandeja de cristal de Bohemia. Ese viejo extravagante tenía un aspecto tan profundamente rabínico y cabalístico que hace tres siglos le hubieran condenado a la hoguera.

–¿No me comprará nada hoy, señor? Fíjese en este puñal malayo, cuya hoja se ondula como una llama; mire estos canales para escurrir la sangre, estos bordes dentados en sentido inverso para arrancar las entrañas al retirar el arma; es un arma feroz, de bella factura y que luciría mucho entre los adornos de su casa. Esta espada de dos empuñaduras es exquisita, es de José de la Hera, ¡qué magnífico trabajo!

–No, ya tengo bastantes armas e instrumentos de masacre. Querría una figurita, un objeto cualquiera que pudiera servirme de pisapapeles, porque no puedo soportar esos bronces de pacotilla que venden los papeleros y que se encuentran invariablemente en todos los despachos.

El viejo gnomo, escudriñando sus antiguallas, me mostró bronces antiguos o que tenía por tales, fragmentos de malaquita, pequeños ídolos hindúes o chinos, unas figuras de jade, encarnación de Brahma o de Visnú, maravillosamente adecuadas para ese uso, nada divino, de sujetar periódicos y cartas.

Estaba dudando entre un dragón de porcelana constelado de verrugas, con las fauces llenas de colmillos y de púas, y un pequeño fetiche mexicano bastante horroroso, que representaba al natural al dios Witziliputzili, cuando descubrí un encantador pie, que tomé en un principio por un fragmento de una Venus antigua.

Tenía esos bellos visos leonados y rojizos que dan al bronce florentino un aspecto cálido y vivaz, tan preferible al tono cardenillo de los bronces ordinarios que podrían tomarse verdaderamente por estatuas en putrefacción: brillos satinados se estremecían sobre sus formas redondas, pulidas por los besos enamorados de veinte siglos. Porque debía de ser un bronce de Corinto, una obra de la mejor época, quizás una fundición de Lisipo.

–Este pie me servirá –dije al marchante, que me miró con gesto irónico y socarrón, tendiéndome el objeto requerido para que pudiera examinarlo más cómodamente.

Me sorprendió su ligereza. No era un pie de metal, sino más bien un pie de carne y hueso, un pie embalsamado, un pie de momia. Mirándolo de más cerca, se podía distinguir la rugosidad de la piel y el estampado casi imperceptible impreso por la trama de las vendas. Los dedos eran finos, delicados, terminados en uñas perfectas, puras y transparentes como ágatas; el pulgar, un poco separado, contrariaba deliciosamente el plan de los otros dedos al modo antiguo, y le daba una actitud suelta, una esbeltez de pie de pájaro; la planta, apenas rayada por algunos trazos invisibles, mostraba que nunca había tocado el suelo y que únicamente había entrado en contacto con las más finas esteras de cañas del Nilo y las más mullidas alfombras de pieles de pantera.

–¡Ja! ¡Ja! Quiere usted el pie de la princesa Hermonthis –dijo el marchante con una risa extraña, fijando en mí sus ojos de búho–. ¡Ja! ¡Ja! ¡Ja! ¡Para servir de pisapapeles! Es una idea original, de artista. Si le hubieran dicho al viejo Faraón que el pie de su hija adorada se usaría como pisapapeles, se habría sorprendido mucho, él, que mandó excavar una montaña de granito para meter allí el triple féretro pintado y dorado, completamente cubierto de jeroglíficos con bellas pinturas del juicio de las almas –añadió a media voz y como hablándose a sí mismo el singular comerciante.

–¿Por cuánto me venderá usted este fragmento de momia?

–¡Ah! Lo más caro que pueda, porque es un trozo magnífico. Si tuviera la pareja, no lo obtendría usted por menos de quinientos francos: la hija de un Faraón, no hay nada más excepcional.

–Seguramente no es corriente; pero, vaya, ¿cuánto quiere usted? Le advierto que sólo tengo cinco luises, es todo lo que poseo; compraré lo que cueste sólo cinco luises. Aunque escrutara usted los bolsillos más escondidos de mis chalecos y mis cajones más secretos, no encontraría nada más.

–Cinco luises por el pie de la princesa

Hermonthis es muy poco, verdaderamente poco; se trata de un pie auténtico –dijo el marchante, moviendo la cabeza e imprimiendo a sus pupilas un movimiento rotatorio.

–En fin, cójalo, y le doy además el envoltorio –añadió, enrollándolo en un viejo pedazo de damasco–. Bellísimo, damasco auténtico, damasco de la India, que no ha sido teñido nunca. Es fuerte y suave –mascullaba mientras paseaba sus dedos por la tela raída, con esa antigua costumbre comercial que le hacía alabar un objeto de tan poco valor que incluso él mismo juzgaba digno de ser regalado.

Deslizó las monedas de oro en una especie de bolsa limosnera de la Edad Media que le colgaba de la cintura, mientras repetía:

–¡El pie de la princesa Hermonthis servir de pisapapeles!

Después, fijando en mí sus fosfóricas pupilas, me dijo con una voz tan estridente como el maullido de un gato que acaba de tragarse una espina:

–El viejo Faraón no estará muy contento. Quería a su hija, ese buen hombre.

–Habla usted de él como si fuera su contemporáneo. Aunque viejo, no se remonta usted a la época de las pirámides de Egipto –le respondí riendo desde la puerta de la tienda.

Volví a mi casa muy contento con mi adquisición.

Para darle enseguida utilidad, coloqué el pie de la princesa Hermonthis sobre un montón de papeles, esbozos de versos, mosaico indescifrable de tachones: artículos sin acabar, cartas olvidadas y echadas al correo del cajón, error cometido a menudo por gente distraída. El resultado era encantador, extraño y romántico.

Muy satisfecho con este efecto embellecedor, bajé a la calle y me fui a pasear con la gravedad decorosa y la dignidad de un hombre que tiene sobre todos los transeúntes con los que se cruza la ventaja inefable de poseer un pedazo de la princesa Hermonthis, hija del Faraón.

Me parecieron soberanamente ridículos todos lo que no poseían, como yo, un pisapapeles tan notoriamente egipcio, y creía que la verdadera ocupación de un hombre sensato era tener un pie de momia sobre su escritorio.

Felizmente, el encuentro con varios amigos me distrajo de mi pasión de reciente comprador. Me fui a cenar con ellos, ya que me hubiera resultado molesto cenar solo.

Cuando regresé por la noche, con el cerebro ligeramente ebrio, una vaga bocanada de perfume oriental me cosquilleó delicadamente el órgano olfativo. El calor de la habitación había templado el natrón, el betún y la mirra con que los embalsamadores de cadáveres habían bañado el cuerpo de la princesa. Era un perfume suave aunque penetrante, un perfume que cuatro mil años no habían podido evaporar.

El sueño de Egipto era la eternidad: sus olores tienen la solidez del granito y duran tanto como él.

Bebí enseguida grandes sorbos de la copa negra del sueño; durante una hora o dos todo permaneció opaco, el olvido y la nada me inundaban con sus olas sombrías.

Sin embargo, mi oscuridad intelectual se iluminó, los sueños empezaron a rozarme con su silencioso vuelo.

Los ojos de mi alma se abrieron, y vi mi habitación tal como era realmente: hubiera podido creerme despierto, pero una vaga percepción me decía que dormía y que algo extraño iba a suceder.

El olor de la mirra había aumentado de intensidad, y yo sentía un ligero dolor de cabeza, que atribuí bastante razonablemente a algunas copas de champán que habíamos bebido a la salud de los dioses desconocidos y a nuestros éxitos futuros.

Miraba mi habitación con un sentimiento de espera que nada justificaba. Los muebles estaban perfectamente en su sitio, el quinqué ardía sobre la consola, suavemente perfilada por la blancura lechosa de su globo de cristal esmerilado; las acuarelas relucían tras su cristal de Bohemia; las cortinas colgaban lánguidamente: todo tenía un aspecto dormido y tranquilo.

Sin embargo, al cabo de unos instantes, esta habitación tan sosegada pareció perder la serenidad. Los revestimientos de madera crujieron furtivamente, los leños cubiertos por las cenizas arrojaron de repente un chorro de luz, y los discos de las páteras semejaban ojos de metal atentos como yo a las cosas que iban a pasar.

Mi vista se dirigió por casualidad a la mesa en la que había colocado el pie de la princesa Hermonthis.

En lugar de permanecer inmóvil como conviene a un pie embalsamado hacía cuatro mil años, se movía, se contraía y saltaba sobre los papeles como una rana espantada: parecía estar en contacto con una pila voltaica. Yo oía muy claramente el ruido seco que producía su talón, duro como la pezuña de una gacela.

Me sentía bastante descontento de mi adquisición, pues me gustan los pisapapeles sedentarios y encuentro poco natural ver pies que pasean sin piernas, y empezaba a experimentar algo que se parecía mucho al terror.

De repente vi que se movían los pliegues de una de las cortinas, y oí un pisoteo parecido al de una persona que saltara a la pata coja. Debo confesar que sentí calor y frío alternativamente; que percibí como si un viento desconocido me soplara en la espalda, y mis cabellos, al erizarse, hicieron saltar mi gorro de dormir a dos o tres pasos.

Las cortinas se entreabrieron, y vi avanzar la figura más extraña que se pueda imaginar.

Era una joven muy morena, como la bayadera Amani, de una belleza perfecta que recordaba el tipo egipcio más puro. Tenía los ojos en forma de almendra, con el rabillo muy acentuado, y unas pestañas tan negras que parecían azules; su nariz tenía un perfil tan fino y delicado, que parecía griego, y se la hubiera podido tomar por una estatua de bronce de Corinto, si la prominencia de los pómulos y la plenitud africana de la boca no hubieran permitido reconocer en ella, sin lugar a dudas, la raza jeroglífica de las orillas del Nilo.

Sus brazos delgados y torneados como un huso, igual que los de las muchachas muy jóvenes, estaban ceñidos por pulseras de metal y vueltas de abalorios; sus cabellos estaban trenzados con cuerdecillas, y sobre su pecho colgaba un ídolo de pasta verde cuyo látigo de siete ramas permitía reconocer a Isis, conductora de las almas; una placa de oro brillaba en su frente, y algunas huellas de maquillaje se adivinaban bajo los tonos cobrizos de sus mejillas.

Por lo que se refiere a su traje, era muy extraño.

Imaginaos un pareo de bandas adornadas con jeroglíficos negros y rojos, almidonadas con betún y que parecían pertenecer a una momia a la que recientemente hubieran quitado las vendas.

Por uno de esos saltos del pensamiento tan frecuentes en los sueños, oí la voz falsa y ronca del marchante, que repetía, en una cantinela monótona, la frase que había dicho en la tienda con una entonación tan enigmática:

«El viejo Faraón no estará contento. Quería mucho a su hija, este buen hombre».

Particularidad extraña y que no me tranquilizó en absoluto, la aparición no tenía sino un único pie, la otra pierna estaba rota por el tobillo.

Se dirigió a la mesa donde el pie de momia se meneaba y brincaba con redoblada rapidez. Al llegar allí, se apoyó en el borde, y vi cómo una lágrima germinaba y perlaba sus ojos.

Aunque no hablara, yo comprendía claramente su pensamiento: miraba el pie, porque era el suyo sin duda, con una expresión de coqueta tristeza infinitamente encantadora; pero el pie saltaba y corría de aquí para allá como si fuera empujado por resortes de acero.

Dos o tres veces estiró la mano para cogerlo, pero no lo logró.

Entonces se estableció entre la princesa Hermonthis y su pie, que parecía dotado de vida diferente, un extraño diálogo en copto antiguo, tal como se debía hablar, hace treinta siglos, en las minas de la región de Nubia: afortunadamente, esa noche yo entendía el copto a la perfección.

La princesa Hermonthis decía en un tono de voz dulce y vibrante como una campanilla de cristal:

–¡Ah, mi querido piececito! Huyes de mí sin parar. No obstante, yo te cuidaba muy bien. Te bañaba con agua perfumada, en un barreño de alabastro; pulía tu talón con piedra pómez empapada en aceite de palmeras; cortaba tus uñas con tijeras de oro y las pulía con diente de hipopótamo; me preocupaba en elegir para ti sandalias bordadas y pintadas, que despertaban la envidia de todas las muchachas de Egipto; llevabas en el dedo gordo sortijas que representaban el escarabajo sagrado y sostenías uno de los cuerpos más ligeros que pueda desear un pie perezoso.

El pie contestó en tono enojado y triste:

–Sabes muy bien que ya no me pertenezco, he sido comprado y pagado. El viejo marchante sigue resentido contra ti, porque te negaste a casarte con él y te ha jugado una mala pasada.

»El árabe que forzó tu sepulcro real en el pozo subterráneo de la necrópolis de Tebas fue enviado por él, quería impedirte que acudieras a la reunión de los pueblos tenebrosos, en las ciudades inferiores. ¿Tienes cinco monedas de oro para volver a comprarme?

–¡Desgraciadamente, no! Mis piedras preciosas, mis anillos, mis bolsas de oro y de plata, todo me ha sido robado –respondió la princesa Hermonthis con un suspiro.

–Princesa –exclamé yo entonces–, nunca en la vida he retenido injustamente el pie de nadie: aunque no tengáis los cinco luises que me ha costado, os lo devuelvo de buena gana. Me desesperaría dejar coja a una persona tan amable como la princesa Hermonthis.

Declamé este discurso en un tono elegante y cortés, que debió de sorprender a la bella egipcia.

Volvió hacia mí una mirada llena de gratitud, y sus ojos se iluminaron con brillos azulados.

Cogió su pie, que esta vez se dejó atrapar, como una mujer que va a ponerse su borceguí, y se lo ajustó a la pierna con gran destreza.

Acabada esta operación, dio dos o tres pasos por la habitación, como para asegurarse de que realmente ya no estaba coja.

–¡Ah, qué contento se va a poner mi padre! Él, que estaba tan desconsolado por mi mutilación, él, que, desde el día de mi nacimiento, había puesto a trabajar a un pueblo entero para excavarme una tumba tan profunda que pudiera conservarme intacta hasta el día supremo en que las almas deberán ser pesadas en la balanza de la región de la muerte... Venid conmigo a casa de mi padre, os recibirá con agrado, me habéis devuelto mi pie.

Encontré esta proposición completamente natural. Me puse una bata de tejido rameado, que me daba un aspecto muy faraónico; me calcé rápidamente unas babuchas turcas y le dije a la princesa Hermonthis que estaba a punto para seguirla.

Hermonthis, antes de marchar, se desató del cuello la figurita de pasta verde y la colocó sobre los papeles esparcidos que cubrían la mesa.

–Es justo –dijo sonriendo– que reemplace el pisapapeles.

Me tendió su mano, que era suave y fría como la piel de una culebra, y nos fuimos.

Marchamos durante algún tiempo a la velocidad de la flecha por un medio fluido y grisáceo, en el cual siluetas apenas esbozadas pasaban a derecha e izquierda.

Durante un instante, únicamente vimos el agua y el cielo.

Unos minutos después, unos obeliscos empezaron a despuntar; pilares, murallas bordeadas de esfinges se dibujaron en el horizonte.

Habíamos llegado.

La princesa me condujo ante una montaña de granito rosa, en la cual había una abertura estrecha y baja, que hubiera sido difícil distinguir de las grietas de la piedra si dos estelas abigarradas de esculturas no hubieran permitido reconocerla.

Hermonthis encendió una antorcha y empezó a caminar delante de mí.

Nos encontrábamos en corredores tallados en la roca viva. Las paredes, cubiertas de paneles de jeroglíficos y de procesiones alegóricas, habían debido ocupar miles de brazos durante miles de años. Esos corredores, de una longitud interminable, acababan en habitaciones cuadradas, en el centro de las cuales habían abierto pozos, por los que descendimos mediante garfios o escaleras de caracol. Esos pozos nos condujeron a otras habitaciones, de donde salían otros corredores igualmente abigarrados de halcones, de serpientes enroscadas, de taus, de cetros faraónicos, de barcas místicas, prodigioso trabajo que ningún ojo vivo tenía derecho a ver, interminables leyendas de granito que sólo los muertos tenían tiempo de leer durante la eternidad.

Finalmente, llegamos a una sala tan vasta, tan enorme, tan desmesurada, que no se podían percibir sus límites; hasta perderse de vista se extendían hileras de columnas monstruosas, entre las cuales temblequeaban lívidas estrellas de luz amarilla: esos puntos brillantes revelaban profundidades incalculables.

La princesa Hermonthis me continuaba llevando de la mano y saludaba amablemente a las momias que conocía.

Mis ojos se acostumbraban a esa media luz crepuscular, y empecé a discernir los objetos.

Vi, sentados en sus tronos, a los reyes de las razas subterráneas: eran altos ancianos secos, arrugados, apergaminados, negros por la acción de la nafta y del betún, tocados con la corona doble del sol y del faraón, cubiertos con adornos funerarios, constelados de piedras preciosas, con los ojos fijos como las esfinges y largas barbas blanqueadas por la nieve de los siglos. Detrás de ellos, sus gentes embalsamadas se mantenían de pie en la pose tensa y forzada propia del arte egipcio, conservando eternamente la actitud prescrita por el códice hierático. Detrás del pueblo maullaban, batían las alas y reían sarcásticamente gatos, ibis y cocodrilos, aún más monstruosos de lo habitual a causa del revestimiento de vendas.

Todos los faraones estaban allí, Keops, Kefren, Psamético, Sesostris, Amenofis; todos los negros dominadores de las pirámides y de las minas. En un estrado más elevado se hallaban el rey Kronos, Xixuthros, que fue contemporáneo del diluvio, y Tubal Caín, que le precedió.

La barba del rey Xixuthros había crecido tanto que había dado siete veces la vuelta a la mesa de granito en que se apoyaba, meditativo y soñoliento.

Más lejos, envueltos en un vapor polvoriento, a través de la neblina de las eternidades, distinguí vagamente a los setenta y dos reyes preadamitas y a sus setenta y dos tribus desaparecidas para siempre.

Tras haberme dejado unos minutos para que disfrutara de aquel vertiginoso espectáculo, la princesa Hermonthis me presentó a su padre el Faraón, que me saludó con un gesto de cabeza verdaderamente majestuoso.

–¡He recuperado mi pie! ¡He recuperado mi pie! –gritaba la princesa, dando palmadas con signos de gran alegría–. Este señor me lo ha devuelto.

Las razas de Egipto, las razas negras, todas las naciones tostadas, cobrizas, repetían a coro:

«La princesa Hermonthis ha recuperado su pie».

Incluso el propio Xixuthros se emocionó: levantó sus párpados embotados, se pasó los dedos por el bigote y dejó caer sobre mí su mirada cargada de siglos.

–Por Oms, perro de los infiernos, y por Tmei, hija del Sol y de la Verdad, he aquí un valiente y digno muchacho –dijo el Faraón, extendiendo hacia mí su cetro, terminado en una flor de loto.

–¿Qué quieres como recompensa?

Con la fuerte audacia que dan los sueños, en los que nada parece imposible, le pedí la mano de Hermonthis: la mano a cambio del pie me parecía una recompensa antitética de bastante buen gusto.

El Faraón abrió por completo sus ojos de vidrio, sorprendido por mi insólita petición.

–¿De qué país eres y qué edad tienes?

–Soy francés y tengo veintisiete años, venerable Faraón.

–¡Veintisiete años! ¡Y quiere casarse con la princesa Hermonthis, que tiene treinta siglos! –exclamaron simultáneamente todos los tronos y todos los círculos de las naciones.

Hermonthis fue la única que no pareció encontrar inconveniente mi petición.

–Si al menos tuvieras dos mil años –prosiguió el viejo rey–, te concedería de buen grado la mano de la princesa, pero la desproporción es demasiado exagerada, y además nuestras hijas necesitan maridos que duren, vosotros no sabéis conservaros: los últimos que nos trajeron hace apenas quince siglos ya no son sino una pizca de ceniza. Mira, mi carne es dura como el basalto, mis huesos son barras de acero. Asistiré al último día del mundo con el cuerpo y la cara que tenía cuando vivía; mi hija Hermonthis durará más que una estatua de bronce. Entonces el viento habrá dispersado el último grano de tu polvo, y la propia Isis, que supo encontrar los trozos de Osiris, no podría recomponer tu ser. Mira qué robusto soy todavía y la energía que tienen mis brazos –dijo, agarrándome la mano con tanta fuerza que pensé que me cortaría los dedos y las sortijas también.
   Me apretó tan fuerte que desperté, y vi a mi amigo Alfred, que me tiraba del brazo y me sacudía para que me levantara.
   –¡Ah, dormilón empedernido! ¿Tendremos que ponerte en medio de la calle y encender fuegos artificiales en tus orejas? Es más de mediodía, ¿No recuerdas que me prometiste venir a buscarme para ir a ver los cuadros españoles de Aguado?
   –¡Dios mío! ya no me acordaba –respondí mientras me vestía–. Vamos para allá: tengo la invitación sobre el escritorio.
   Avancé para cogerla; pero imaginad mi sorpre-

sa cuando, en lugar del pie de momia que había comprado la víspera, ¡vi la figurita de pasta verde que había dejado en su lugar la princesa Hermonthis!

Arria Marcella

Tres jóvenes, tres amigos que habían viajado juntos a Italia, visitaban el año pasado el Museo Studii, en Nápoles, donde se encuentran reunidos los diferentes objetos antiguos exhumados de las excavaciones de Pompeya y de Herculano.

Se habían dispersado por las diferentes salas y contemplaban los mosaicos, los bronces, los frescos arrancados de las paredes de la ciudad muerta, según les sugería su capricho, y, cuando uno de ellos encontraba algo curioso, llamaba a sus compañeros con gritos de alegría, escandalizando a los taciturnos ingleses y a los comedidos burgueses que hojeaban muy discretamente su catálogo.

Pero el más joven de los tres, parado ante una vitrina, parecía no oír las exclamaciones de sus compañeros, absorto como estaba en una profunda contemplación. Lo que examinaba con tanta atención era un pedazo de ceniza negra coagulada que mostraba una marca hueca: parecía un fragmento de molde de estatua roto por la fundición. La mirada entendida de un artista hubiera reconocido fácilmente el contorno de un seno admirable y de un costado de estilo tan perfecto como el de una estatua griega. Se sabe, y la más simple de las guías de viaje así lo indica, que esta lava, enfriada alrededor del cuerpo de una mujer, ha conservado su encantador contorno. Gracias al capricho de la erupción que destruyó cuatro ciudades, esa noble forma, convertida en polvo hace casi dos mil años, ha llegado hasta nosotros. ¡La redondez de un pecho ha atravesado los siglos mientras tantos imperios desaparecidos no han dejado ni rastro! Ese sello de belleza, colocado por el azar sobre la escoria de un volcán, no se ha borrado.

Al ver que se obstinaba en su contemplación, los dos amigos de Octavien regresaron junto a él, y Max, al tocarle el hombro, le hizo estremecer como a un hombre sorprendido en su secreto. Evidentemente Octavien no había oído llegar ni a Max ni a Fabio.

–Vamos, Octavien –dijo Max–, no te pares así horas enteras ante cada vitrina, o se nos pasará la hora del tren y no veremos Pompeya hoy.

–Pero, ¿qué está mirando nuestro amigo? –añadió Fabio, que se había acercado–. ¡Ah, la huella encontrada en casa de Arrio Diomedes! –y dirigió a Octavien una ojeada rápida y significativa.

Octavien enrojeció ligeramente, cogió a Max por el brazo, y la visita terminó sin más incidentes. Al salir del museo, los tres amigos subieron a un *corricolo* y se hicieron conducir a la estación de ferrocarril. El *corricolo*, con sus grandes ruedas rojas, su trasportín constelado de clavos de cobre, su caballo magro y lleno de pasión, enjaezado como una mula de España, que corre al galope sobre las anchas losas de lava, es de sobras conocido para que sea necesario hacer aquí su descripción, y por otra parte no escribimos impresiones de un viaje a Nápoles, sino el simple relato de una aventura extraña y poco creíble, aunque verdadera.

El ferrocarril que va a Pompeya bordea casi siempre el mar, cuyas largas volutas de espuma se extienden sobre una arena negruzca que parece carbón tamizado. La orilla, en efecto, está formada por corrientes de lava y de cenizas volcánicas, y contrasta, por su tono oscuro, con el azul del cielo y del mar. En medio de todo este brillo, únicamente la tierra parece retener la sombra.

Los pueblos que se cruzan o bordean, Portici, célebre por la ópera de Auber, Resina, Torre del Greco, Torre dell'Annunziata, de los que se divisan, al pasar, las casas con arcadas y los tejados en terraza, tienen, a pesar de la intensidad del sol y la blancura de la cal meridional, algo plutoniano y ferruginoso como Manchester y Birmingham. El polvo es negro, un hollín impalpable se pega a todo; se nota que la gran fragua del Vesubio jadea y humea a dos pasos de allí.

Los tres amigos se bajaron en la estación de Pompeya, riendo entre ellos de la mezcla de antiguo y moderno que brindan naturalmente al espíritu estas palabras: *Estación de Pompeya*. ¡Una ciudad grecorromana y un andén de ferrocarril!

Cruzaron el campo plantado de algodoneros, sobre el que revoloteaban algunas pelusas blancas, que separa el ferrocarril del emplazamiento de la ciudad desenterrada, y tomaron un guía en la hostería construida fuera de las antiguas murallas, o, para hablar más correctamente, un guía los cogió a ellos. Calamidad que es difícil de conjurar en Italia.

Hacía uno de esos maravillosos días tan usuales en Nápoles, en los que por el brillo del sol y la transparencia del aire los objetos adquieren colores que parecen fabulosos en el norte, y dan la impresión de pertenecer al mundo del sueño más que al de la realidad. Quien ha visto una vez esa luz de oro y de azur se lleva en el fondo de su incertidumbre una incurable nostalgia.

La ciudad resucitada, tras haberse sacudido un retazo de su manto de ceniza, se destacaba con sus mil detalles bajo un día deslumbrante. El Vesubio se perfilaba a lo lejos con su cono surcado de estrías de lavas azules, rosas, violetas, teñidas de oro por el sol. Una ligera bruma, casi imperceptible en la luz, encapotaba la cresta desmochada de la montaña; a primera vista, parecía una de esas nubes que, incluso en los días más claros, difuminan la cima de los picos elevados. Mirando con mayor atención, se veían finos hilos de vapor blanco, que salían de lo alto del monte como de los orificios de un pebetero, para convertirse luego en un ligero vapor. El volcán, de muy buen humor aquel día, fumaba tranquilamente su pipa, y, sin el ejemplo de Pompeya sepultada a sus pies, no se le hubiera supuesto un carácter más feroz que el de Montmartre. Por el otro lado, bellas colinas de líneas onduladas y voluptuosas como las caderas de una mujer delimitaban el horizonte; y más lejos el mar, que antaño traía los birremes y trirremes hasta las murallas de la ciudad, dibujaba su plácida raya azul.

El aspecto de Pompeya es muy sorprendente; ese brusco salto de diecinueve siglos atrás asombra incluso a las naturalezas más prosaicas y menos entendidas, dos pasos os llevan de la vida antigua a la vida moderna, y del cristianismo al paganismo. Así pues, cuando los tres amigos vieron esas calles donde las formas de una existencia desvanecida se han conservado intactas, experimentaron, por muy preparados que estuvieran por los libros y los dibujos, una impresión tan extraña como profunda. Sobre todo Octavien parecía estar completamente estupefacto y seguía maquinalmente al guía como un sonámbulo, sin escuchar la nomenclatura monótona aprendida de memoria que aquel bellaco recitaba como una lección.

Observaba con una mirada ensimismada las rodadas de carro abiertas en el pavimento ciclópeo de las calles y que parecen datar de ayer, de tan fresca como parece la marca; las inscripciones trazadas en rojo y caracteres cursivos, sobre las murallas: anuncios de espectáculos, demandas de alquiler, fórmulas votivas, letreros, anuncios de todo tipo, curiosos, como lo sería dentro de dos mil años, para los pueblos desconocidos del futuro, un lienzo de muro de París con sus anuncios y sus carteles; las casas con los tejados derrumbados que dejan penetrar con una ojeada todos los misterios de su interior, todos esos detalles domésticos que los historiadores ignoran y cuyo secreto las civilizaciones se llevan consigo; las fuentes que parecen recién secadas; el foro sorprendido por la catástrofe en medio de una reparación, y cuyas columnas y arquitrabes muy trabajados y esculpidos esperan, en la pureza de sus líneas, que los pongan en su lugar; los templos consagrados a los dioses convertidos en mitológicos; las tiendas en las que sólo falta el vendedor; las tabernas donde se ve todavía sobre el mármol la mancha circular dejada por el vaso de los bebedores; el cuartel de columnas pintadas de ocre y de minio, que los soldados han arañado con caricaturas de combatientes, y los dobles teatros de drama y de canto yuxtapuestos, que podrían reemprender sus representaciones, si la compañía que las ponía en escena, reducida al estado de arcilla, no hubiera sido utilizada, probablemente, para tapar un barril de cerveza o para sellar una hendidura de pared, como el polvo de Alejandro y de César, según la melancólica reflexión de Hamlet.

Fabio se colocó en el lugar de la orquestra del teatro trágico, mientras Octavien y Max trepaban hasta lo más alto de las gradas, y allá empezó a declamar, haciendo muchos gestos, los fragmentos de poesía que le venían a la cabeza, con gran espanto de los lagartos, que se dispersaban coleando y escondiéndose en las rendijas de los asientos derruidos, y, aunque las vasijas de bronce o de arcilla, destinadas a repercutir los sonidos, ya no existieran, no por eso su voz resonaba menos potente o vibrante.

El guía les condujo luego, a través de los cultivos que cubren las partes todavía sepultadas de Pompeya, al anfiteatro, situado en el otro extremo de la ciudad. Caminaron bajo árboles cuyas raíces se hunden en los tejados de edificios enterrados, y desunen las tejas, rajan los techos, dislocan las columnas; y pasaron por esos campos donde simples verduras fructifican sobre maravillas del arte, imágenes materiales del olvido que el tiempo despliega sobre las cosas más bellas.

El anfiteatro no les sorprendió. Habían visto el de Verona, más grande e igual de bien conservado, y conocían la disposición de esas explanadas antiguas tan familiarmente como la de las plazas de toros en España, que se les parecen mucho, menos por la solidez de la construcción y la belleza de los materiales.

Volvieron, pues, sobre sus pasos, llegaron por un atajo a la calle de la Fortuna, escuchando distraídamente al cicerone, que al pasar por delante de cada casa la designaba por el nombre que le había sido dado al ser descubierta, según alguna particularidad característica: la casa del Toro de Bronce, la casa del Fauno, la casa del Buque, el templo de la Fortuna, la casa de Meleagro, la taberna de la Fortuna en la esquina de la calle Consular, la academia de Música, el Horno de Poya, la Farmacia, la consulta del Cirujano, la Aduana, la residencia de las Vestales, el albergue de Albino, y así hasta la puerta que conduce a la vía de las Tumbas.

Esa puerta de ladrillos, recubierta de estatuas y cuyos ornamentos han desaparecido, muestra en su arcada interior dos profundas ranuras destinadas a dejar pasar un rastrillo, como un torreón de la Edad Media a la que se atribuiría, en principio, este tipo de defensa.

–¿Quién habría podido sospechar –dijo Max a sus amigos– que Pompeya, la ciudad grecolatina, se salvaguardaba de una manera tan románticamente gótica? ¿Os imagináis un caballero romano rezagado, tocando el cuerno ante esa puerta para que le levantaran el rastrillo, como un paje del siglo XV?

–No hay nada nuevo bajo el sol –respondió Fabio–, ni siquiera este aforismo es nuevo, puesto que fue formulado por Salomón.

–¡Quizás hay algo nuevo bajo la luna! –continuó Octavien, sonriendo con melancólica ironía.

–Mi querido Octavien –dijo Max, que durante esa corta conversación se había parado ante una inscripción escrita en rojo en la muralla exterior–, ¿quieres ver combates de gladiadores? Aquí están los anuncios: combate y caza para el cinco de las nonas de abril. Todo está preparado; veinte pares de gladiadores lucharán en las nonas. Y, si temes por la frescura de tu tez, tranquilízate, extenderán los toldos. A menos que prefieras ir al anfiteatro a primera hora; éstos se cortarán el cuello por la mañana: *Matutini erunt*. No se puede ser más complaciente.

Así platicando, los tres amigos seguían esa vía bordeada de sepulcros que, para nuestros sentimientos modernos, sería una lúgubre avenida para una ciudad, pero que no tenía las mismas significaciones tristes para los antiguos, cuyas tumbas, en lugar de un cadáver horrible, sólo contenían una pizca de cenizas, idea abstracta de la muerte. El arte embellecía esas últimas moradas, y, como dijo Goethe, el pagano decoraba con imágenes de la vida los sarcófagos y las urnas.

Era eso sin duda lo que hacía que Max y Fabio visitaran, con una curiosidad alegre y una feliz plenitud de existencia que no habrían tenido en un cementerio cristiano, aquellos monumentos fúnebres tan radiantemente dorados por el sol y que, situados al borde del camino, parecen estar todavía unidos a la vida y no inspiran ninguna de esas frías repulsiones, ninguno de esos terrores fantásticos que nos hacen sentir nuestras lúgubres sepulturas. Se detuvieron ante la tumba de Mammia, la sacerdotisa pública, cerca de la cual ha crecido un árbol, un ciprés o un álamo; se sentaron en el hemiciclo del triclinium de los ágapes funerarios, riendo como locos; leyeron bromeando los epitafios de Nevoleja, de Labeon y de la familia Arria, seguidos de Octavien, que parecía más emocionado que sus despreocupados compañeros por la suerte de esos difuntos de hacía dos mil años.

Llegaron así a la villa de Arrio Diomedes, una de las residencias más notables de Pompeya. Se sube a ella por unos escalones de ladrillo y, cuando se ha cruzado la puerta flanqueada por dos columnitas laterales, se llega a un lugar parecido al *patio* que constituye el espacio central de las casas españolas y moriscas, y que los antiguos llamaban *impluvium* o *cavaedium*. Catorce columnas de ladrillo recubierto de estuco configuran, por los cuatro lados, un pórtico o peristilo cubierto, semejante al claustro de los conventos, bajo el cual se podía circular sin temor a la lluvia. El pavimento de ese patio es un mosaico de ladrillos y de mármol blanco, de un efecto agradable y delicado a la vista. En el centro, un estanque cuadrilátero de mármol, que todavía existe, recibía las aguas pluviales que goteaban del tejado del pórtico. Produce un efecto singular entrar así en la vida antigua y pisar con botas de charol mármoles desgastados por las sandalias y los coturnos de los contemporáneos de Augusto y de Tiberio.

El cicerone los paseó por la *exedra* o salón de verano, abierto al mar para permitir aspirar sus frescas brisas. Allí era donde se recibían las visitas y donde se echaba la siesta durante las horas calurosas, cuando soplaba el céfiro africano cargado de languidez y de tormentas. Les hizo entrar en la basílica, larga galería que da luz a las estancias y donde los visitantes y los clientes esperaban que el nomenclátor los llamara. Les condujo después a la terraza de mármol blanco desde donde la vista se extiende sobre los jardines verdes y el mar azul. Luego les mostró el *nymphaenum* o sala de baños, con sus paredes pintadas de amarillo, sus columnas de estuco, su pavimento de mosaico y su cuba de mármol que recibió tantos cuerpos maravillosos desvanecidos como sombras; el *cubiculum*, donde flotaron tantos sueños llegados por la puerta de marfil, y cuyas alcobas abiertas en la pared estaban cerradas por un *conopeum* o cortinas, cuyas anillas de bronce yacen aún por el suelo; el tetrástilo o sala de recreo, la capilla de los dioses lares, el gabinete de los archivos, la biblioteca, el museo de los cuadros, el gineceo o residencia de las mujeres, compuesto de pequeñas habitaciones en parte derruidas, y cuyas paredes conservan vestigios de pinturas y de arabescos, como mejillas a las que se ha limpiado mal el afeite.

Acabada esta inspección, bajaron al piso inferior, pues el suelo es mucho más bajo por el lado del jardín que por el lado de la vía de las Tumbas, atravesaron ocho salas pintadas en rojo antiguo, una de las cuales está llena de hornacinas arquitecturales, como se ve en el vestíbulo de la sala de los Embajadores en la Alhambra, y llegaron al fin a una especie de sótano o bodega, cuya utilización estaba claramente indicada por ocho ánforas de arcilla apoyadas contra la pared y que debían de haber sido perfumadas por el vino de Creta, de Falerno y de Másico, como las odas de Horacio.

Un vivo rayo de sol pasaba por un estrecho tragaluz obstruido por ortigas, cuyas hojas atravesadas por la luz se metamorfoseaban en esmeraldas y topacios, y ese alegre detalle natural transformaba en sonrisa la tristeza del lugar.

–Es aquí –dijo el cicerone con su voz indolente, cuyo tono no concordaba con el sentido de las palabras– donde se encontró, entre diecisiete esqueletos, el de la dama cuya huella se ve en el museo de Nápoles. Llevaba anillos de oro, y los retazos de su fina túnica se adherían todavía a las cenizas comprimidas que han conservado su forma.

Las frases banales del guía causaron una viva emoción en Octavien. Se hizo mostrar el lugar exacto donde esos preciosos restos habían sido descubiertos, y de no haberse dominado por la presencia de sus amigos, se hubiera dejado llevar por algún lirismo extravagante. Su pecho se hinchó, sus ojos se humedecieron furtivamente: esa catástrofe, borrada por veinte siglos de olvido, le emocionaba como una desgracia muy reciente; la muerte de una amante o de un amigo no le hubiera afligido más, y una lágrima con dos mil años de retraso cayó, mientras Max y Fabio estaban de espaldas, sobre el lugar donde esa mujer, de la cual se había enamorado retrospectivamente, había fallecido asfixiada a causa de la ceniza abrasadora del volcán.

–¡Basta ya de arqueología! –exclamó Fabio–. No queremos escribir una disertación sobre un cántaro o una teja de la época de Julio César para llegar a ser miembros de una academia de provincia. Estos recuerdos clásicos me abren el apetito. Vayamos a cenar, si ello es posible, en esa pintoresca hostería, donde temo que únicamente nos servirán filetes fósiles y huevos frescos puestos antes de la muerte de Plinio.

–No diré como Boileau: «Un estúpido, a veces, da un consejo sensato» –dijo Max riendo–, sería grosero, pero es una buena idea. Sin embargo, hubiera sido mejor celebrar aquí el banquete, en un triclinio cualquiera, recostados a la antigua, servidos por esclavos, a la manera de Lúculo o de Trimalción. Es verdad que no veo muchas ostras del lago Lucrino; los rodaballos y los salmonetes del Adriático brillan por su ausencia; el jabalí de Apulia no se encuentra en el mercado; los panes y los bizcochos de miel figuran en el museo de Nápoles tan duros como piedras al lado de sus moldes cardenillos: los macarrones crudos, aderezados con queso *caciocavallo*, aunque sean detestables, son mejor que nada. ¿Qué opina nuestro querido Octavien?

Octavien, que lamentaba profundamente no haberse encontrado en Pompeya el día de la erupción del Vesubio para salvar a la dama de los anillos de oro y merecer así su amor, no había oído ni una sola frase de esa conversación gastronómica. Únicamente las dos últimas palabras pronunciadas por Max le impresionaron, y, como no tenía ganas de entablar una discusión, hizo, por si acaso, un gesto de asentimiento. Y el grupo amistoso retomó, bordeando las murallas, el camino del hostal.

Pusieron la mesa bajo la especie de porche abierto que sirve de vestíbulo a la hostería, y cuyos muros, blanqueados con cal, estaban decorados con pésimos cuadros cualificados para el hospedero: Salvator Rosa, el Españoleto, el caballero Massimo, y otros nombres célebres de la escuela napolitana, que se creyó obligado a exaltar.

–Venerable hostelero –dijo Fabio–, no malgaste inútilmente su elocuencia. No somos ingleses, y preferimos las chicas jóvenes a los viejos lienzos. Más vale que nos hagas llegar la lista de vuestros vinos por medio de esa hermosa morena, de aterciopelados ojos, que he visto en la escalera.

El hostelero, comprendiendo que sus huéspedes no pertenecían al género de los filisteos y de los burgueses fáciles de engañar, dejó de alabar su galería para glorificar su bodega. Para empezar, tenía todos los vinos de las mejores cosechas: château-margaux, grandlafitte, sillery de moët, hochmeyer, scarlat-wine, porto y pórter, ale y gingerbeer, lacrima-Christi blanco y tinto, capri y falerno.

–¡Cómo! ¡Tienes vino de Falerno, animal, y lo pones al final de tu nomenclatura! Nos obligas a sufrir una letanía enológica insoportable –dijo Max, agarrando al hostelero por el cuello con un movimiento de cómico furor–; pero ¿es que no tienes sentimientos patrióticos? ¿No eres pues digno de vivir en estos antiguos lugares? Por lo menos, ¿es bueno tu falerno? ¿Se puso en ánfora en tiempos del cónsul Planco?, *consule Planco.*

–No conozco al cónsul Planco, y mi vino no está en ánfora alguna, pero está envejecido y cuesta diez carlines la botella –respondió el hostelero.

El día había caído y había llegado la noche, noche serena y transparente, más clara, sin duda alguna, que el mediodía de Londres. La tierra tenía tonos azules y el cielo reflejos de plata de una suavidad inimaginable; el aire estaba tan sereno que la luz de las velas que había sobre la mesa ni siquiera oscilaba.

Un muchacho que tocaba la flauta se acercó a

la mesa y se paró, mirando fijamente a los tres comensales, en una actitud de bajorrelieve, y de su instrumento fluyeron sonidos suaves y melodiosos, una de esas cantinelas populares en modo menor cuyo encanto es tan penetrante.

Quizás ese muchacho descendía en línea directa del flautista que precedía a Duilio.

–Nuestro banquete va tomando perspectivas antiguas, sólo nos faltan bailarinas gaditanas y coronas de hiedra –dijo Fabio, sirviéndose generosamente un vaso de vino de Falerno.

–Me siento preparado para citar frases latinas como un folletín de *Débats*; me acuerdo de algunas estrofas de oda –añadió Max.

–Guárdalas para ti –exclamaron Octavien y Fabio, justamente alarmados–. Nada hay tan indigesto como el latín en un banquete.

La conversación entre jóvenes que, con un puro en la boca, los codos sobre la mesa, contemplan cierto número de botellas vacías, sobre todo cuando el vino es espiritoso, no tarda en girar alrededor de las mujeres. Cada uno expuso sus ideas, he aquí más o menos el resumen.

A Fabio únicamente le importaba la belleza y la juventud. Voluptuoso y práctico, no se hacía ilusiones y no tenía, en amores, ningún prejuicio. Una campesina le gustaba tanto como una duquesa, con tal de que fuera bella; el cuerpo le emocionaba más que el vestido; se reía mucho de algunos de sus amigos enamorados de varios metros de seda y de encajes, y decía que sería más lógico estar prendado del escaparate de una tienda de novedades. Estas opiniones, muy razonables en el fondo, y que no ocultaba, le hacían pasar por un excéntrico.

A Max, menos artista que Fabio, sólo le importaban las empresas difíciles, las intrigas complicadas; buscaba resistencias que vencer, virtudes que seducir, y concebía el amor como una partida de ajedrez, con jugadas largamente meditadas, efectos chocantes, sorpresas y estratagemas dignas de Polibio. En una reunión, la mujer que parecía mostrarle menos simpatía era la que escogía como objetivo de sus acometidas; hacerla pasar de la aversión al amor mediante hábiles transiciones era para él un placer delicioso; imponerse a las almas que le rechazaban, someter las voluntades que se le rebelaban, le parecía el más dulce de los triunfos. De la misma manera que ciertos cazadores recorren los campos, los bosques y los llanos, ya llueva, haga sol o esté nevando, sufriendo cansancios desmedidos pero con un ardor que nada desanima, por una escasa caza que muchas veces no quieren ni comer, así Max, una vez alcanzada la presa, ya no se preocupaba más por ella y empezaba otra nueva búsqueda enseguida.

Octavien confesaba que la realidad no le seducía demasiado. No es que tuviera sueños de colegial llenos de azucenas y de rosas como un madrigal de Demoustier, sino que alrededor de cualquier belleza había demasiados detalles prosaicos y repulsivos; demasiados padres chochos y condecorados; madres coquetas, con flores naturales en cabelleras postizas; primos coloradotes y absortos en sus declaraciones; tías ridículas, enamoradas de sus perritos. Una aquatinta, imitación de Horace Vernet o Delaroche, colgada en la habitación de una mujer, le bastaba para interrumpir una pasión naciente. Más poético que enamorado, necesitaba una terraza de Isola-Bella, en el lago Mayor, en una bella noche de claro de luna, para enmarcar una cita. Hubiera querido arrancar su amor de la vida común y trasladar la escena a las estrellas. Así pues, se había enamorado, uno después de otro, con una pasión imposible y alocada, de todos los grandes personajes femeninos conservados por el arte o la historia. Como Fausto, había amado a Helena, y hubiera querido que las ondulaciones de los siglos trajeran hasta él una de esas sublimes personificaciones de los deseos y de los sueños humanos, cuya forma, invisible para los ojos vulgares, sigue subsistiendo en el tiempo y en el espacio. Se había compuesto un harén ideal, con Semíramis, Aspasia, Cleopatra, Diana de Poitiers, Juana de Aragón. A veces, también se enamoraba de las estatuas, y un día, en el museo, ante la Venus de Milo, había exclamado: «¡Oh, quién te devolverá los brazos para que me estreches contra tu seno de mármol!». En Roma, la visión de una espesa cabellera trenzada exhumada de una tumba antigua le había sumido en un extraño delirio; había probado, por medio de dos o tres cabellos conseguidos gracias a un guardia seducido a precio de oro, y remitidos a una maga de grandes poderes, evocar la sombra y la forma de esa muerta; pero el fluido conductor se había evaporado después de tantos años, y la aparición no había podido salir de la noche eterna.

Como Fabio había adivinado ante la vitrina de los Studii, la huella recogida en la bodega de la casa de Arrio Diomedes excitaba en Octavien impulsos insensatos hacia un ideal retrospectivo; intentaba salir del tiempo y de la vida, y trasladar su alma al siglo de Tito.

Max y Fabio se retiraron a sus habitaciones, y, con la cabeza algo cargada por los clásicos vapores del Falerno, no tardaron en dormirse. Octavien, que había dejado a menudo su vaso lleno ante él en la mesa, ya que no quería perturbar a causa de una vulgar embriaguez la embriaguez poética que bullía en su cerebro, sintió, por la agitación de sus nervios, que el sueño no llegaría, y salió de la hostería a pasos lentos para refrescar su mente y calmar sus pensamientos con el aire de la noche.

Sus pies, sin que tuviera conciencia de ello, le llevaron a la entrada por la que se penetra en la ciudad muerta, sacó la barra de madera que la cierra y se internó al azar entre las ruinas.

La luna iluminaba con su blanco fulgor las pálidas casas, dividiendo las calles en dos tiras de luz plateada y de sombra azulada. Ese día nocturno, con sus tonos imprecisos, disimulaba la degradación de los edificios. No se observaban, como ante la claridad intensa del sol, las columnas truncadas, las fachadas plagadas de lagartos, los tejados desmoronados por la erupción. La media luz completaba las partes ausentes, y un brusco destello, como una pincelada de sentimiento en el boceto de un cuadro, indicaba todo un conjunto derrumbado. Los genios taciturnos de la noche parecían haber reparado la ciudad fosilizada para la representación de una vida fantástica.

Algunas veces Octavien creyó ver incluso cómo se deslizaban vagas formas humanas en la sombra; pero se desvanecían en cuanto llegaban a la zona iluminada. Sordos susurros, un rumor indefinido, revoloteaban en el silencio. Nuestro paseante los atribuyó primeramente a algún parpadeo de sus ojos, a algún zumbido de sus oídos; podía tratarse también de una ilusión óptica, un suspiro de la brisa marina, o la huida a través de las ortigas de un lagarto o de una culebra; ya que todo vive en la naturaleza, incluso la muerte; todo susurra, incluso el silencio. Sin embargo, experimentaba una especie de angustia involuntaria, un ligero escalofrío, que podía ser causado por el aire fresco de la noche y que le hacía temblar. Giró dos o tres veces la cabeza. Ya no se sentía solo como hacía unos instantes en la ciudad desierta. ¿Quizás sus compañeros habían tenido la misma idea que él y le buscaban por entre las ruinas? Esas formas entrevistas, esos ruidos indistintos de pasos, ¿eran Max y Fabio que, caminando y charlando, habían desaparecido por algún cruce? Aunque esta explicación era completamente natural, Octavien comprendía en su desasosiego que no era cierta, y los razonamientos que se hacía al respecto no le convencían. La soledad y las sombras se habían poblado de seres invisibles a los que perturbaba; caía en el centro de un misterio, y era como si esperaran que se hubiera ido para recomenzar. Tales eran las ideas extravagantes que le atravesaban el cerebro y que cobraban gran verosimilitud a causa de la hora, el lugar y mil detalles alarmantes que comprenderán los que se han encontrado de noche en alguna vasta ruina.

Al pasar por delante de una casa que le había llamado la atención durante el día y sobre la cual la luna daba de lleno, vio, en un estado de perfecto mantenimiento, un pórtico cuya disposición había intentado restablecer: cuatro columnas de orden dórico acanaladas hasta media altura, y el fuste cubierto, como por un ropaje púrpura, de matices de minio, sostenían un cimacio iluminado por ornamentos polícromos, que el decorador parecía haber acabado ayer. En la pared lateral de la puerta un moloso de Laconia, pintado al encausto y acompañado de la inscripción sacramental: *Cave canem*, ladraba a la luna y a los visitantes con furor pintado. Sobre el umbral de mosaico la palabra *Ave*, en letras oscas y latinas, saludaba a los huéspedes con sus amistosas sílabas. Los muros exteriores, pintados en ocre y rojo, no tenían ni una sola grieta. La casa era de una planta, y el tejado de teja, dentellada por una acrótera de bronce, proyectaba su perfil intacto sobre el suave azul del cielo, donde palidecían algunas estrellas.

Esa extraña restauración, hecha desde la tarde hasta el anochecer por un arquitecto desconocido, atormentaba extraordinariamente a Octavien, que estaba seguro de haber visto esa casa a la luz del día en un lamentable estado de ruina. El misterioso restaurador había trabajado muy aprisa, ya que las residencias vecinas tenían el mismo aspecto reciente y nuevo. Todos los pilares estaban cubiertos por sus capiteles, ni una piedra, ni un ladrillo, ni una pulgada de estuco, ni una capa de pintura faltaba a las lustrosas paredes de las fachadas, y por el intersticio de los peristilos se entreveían, alrededor del pilón de mármol del *cavedio*, adelfas blancas, mirtos y granados. Todos los historiadores se habían equivocado; la erupción no había tenido lugar, o quizás la aguja del tiempo había retrocedido veinte horas seculares en la esfera de la eternidad.

Octavien, terriblemente sorprendido, se preguntó si dormía de pie y caminaba en un sueño. Se interrogó seriamente para saber si la locura no hacía danzar ante él sus alucinaciones, pero tuvo que reconocer que no estaba ni dormido ni loco.

Un singular cambio se había producido en la atmósfera. Vagos matices rosas se mezclaban, mediante gradaciones violetas, a los visos azulados de la luna; el cielo se aclaraba en el horizonte; era como si el día fuera a aparecer. Octavien sacó su reloj; marcaba medianoche. Temiendo que se hubiera parado, apretó el resorte de la cuerda. La campanilla tañió doce veces; realmente era medianoche, y, sin embargo, la claridad continuaba aumentando, la luna se fundía en un azul cada vez más luminoso. Estaba amaneciendo.

Entonces Octavien, para quien todas las nociones sobre el tiempo se nublaban, pudo convencerse de que estaba paseando no por una Pompeya muerta, frío cadáver de ciudad que se ha librado a medias de su sudario, sino por una Pompeya viva, joven, intacta, sobre la que no habían corrido los torrentes de lodo ardiente del Vesubio.

Un prodigio inconcebible le transportaba a él, un francés del siglo XIX, a la época de Tito, no en espíritu, sino en realidad; o hacía regresar a él, desde el fondo del pasado, una ciudad destruida con sus habitantes desaparecidos, pues un hombre vestido a la antigua acababa de salir de una casa cercana.

Ese hombre llevaba el pelo corto y la barba afeitada, una túnica de color marrón y una capa grisácea, cuyos extremos estaban arremangados para que no molestaran al andar. Iba con paso rápido, casi a la carrera, y pasó al lado de Octavien sin verle. Un cesto de esparto le colgaba del brazo, y se dirigía al Forum Nundinarium. Era un esclavo, un Davus cualquiera que iba al mercado, era imposible equivocarse.

Se oyeron ruidos de ruedas, y un carro antiguo, arrastrado por bueyes blancos y cargado de verduras, apareció en la calle. Al lado de la yunta caminaba un boyero, las piernas desnudas y quemadas por el sol, los pies calzados con sandalias, y vestido con una especie de camisa de tela ahuecada en la cintura. Un sombrero de paja cónico, echado hacia atrás y sujeto al cuello por una tira, dejaba ver su cabeza, de un tipo desconocido hoy en día, la frente estrecha atravesada por duras nudosidades, el cabello rizado y negro, la nariz recta, los ojos tranquilos como los de sus bueyes, y el cuello de Hércules campesino. Conducía gravemente sus animales con la picana, en una pose de estatua que hubiera extasiado a Ingres.

El boyero vio a Octavien y pareció sorprendido, pero continuó su camino. En una ocasión se dio la vuelta, porque seguramente no hallaba explicación alguna al aspecto de aquel personaje extraño para él, pero dejó, en su plácida estupidez rústica, la solución del enigma para personas más hábiles.

Aparecieron también campesinos campanianos, que hacían avanzar burros cargados de odres de vino, y tañían campanillas de bronce. Su fisonomía difería de la de los campesinos de hoy en día como una medalla difiere de una perra chica.

La ciudad se iba poblando gradualmente como uno de esos cuadros de diorama, supuestamente desiertos, y que, sin embargo, un cambio de iluminación anima con personajes hasta entonces invisibles.

Los sentimientos que experimentaba Octavien habían cambiado de naturaleza. Hacía un rato, en la sombra engañosa de la noche, había sido presa de ese malestar que ni los más valientes pueden evitar, en medio de circunstancias inquietantes y fantásticas que la razón no puede explicar. Su vago terror se había convertido en profunda estupefacción. No podía dudar, por la claridad de sus percepciones, del testimonio de sus sentidos, y, sin embargo, lo que veía era categóricamente increíble. Aún no completamente convencido, buscaba por la constatación de pequeños detalles reales probarse a sí mismo que no era el juguete de una alucinación. No eran fantasmas los que desfilaban ante sus ojos, ya que la resplandeciente luz del sol les iluminaba con irrecusable realidad, y sus sombras alargadas por la claridad de la mañana se proyectaban sobre las aceras y los muros. Sin comprender nada de lo que sucedía, Octavien, en el fondo encantado al ver cumplido uno de sus sueños más preciados, dejó de resistirse a la aventura, y se dejó llevar por todas aquellas maravillas, sin pretender juzgarlas. Se dijo que, ya que por virtud de un poder misterioso le era concedido vivir algunas horas en un siglo desaparecido, no perdería el tiempo buscando la solución de un problema incomprensible, y continuó valerosamente su camino, mirando a derecha e izquierda ese espectáculo tan viejo pero tan nuevo para él. Pero ¿a qué época de la vida de Pompeya había sido transportado? Una inscripción de edicilia, grabada en una muralla, le hizo comprender, por el nombre de los personajes públicos, que estaba en los inicios del reinado de Tito: es decir, el año 79 de nuestra era. Una idea súbita atravesó el alma de Octavien: la mujer cuya huella había admirado en el museo de Nápoles debía de estar viva, puesto que la erupción del Vesubio en la que había perecido tuvo lugar el 24 de agosto de aquel mismo año. Podía, pues, reencontrarla, verla, hablarle... El loco deseo que había sentido ante la vista de aquella ceniza moldeada sobre contornos divinos iba quizás a satisfacerse, ya que nada debía de ser imposible para un amor que había tenido el poder de hacer retroceder el tiempo y de hacer pasar dos veces la misma hora en el reloj de arena de la eternidad.

Mientras Octavien se entregaba a estas reflexiones, bellas muchachas iban a las fuentes, sosteniendo con la punta de sus blancos dedos jarras en equilibrio sobre la cabeza; patricios con togas blancas bordadas con bandas de púrpura, seguidos por su cortejo de clientes, se dirigían hacia el foro. Los compradores se apretujaban en torno a las tiendas, indicadas con letreros esculpidos y pintados, que recordaban por su pequeñez y su forma las tiendas moriscas de Argel. Sobre la mayor parte de los tenderetes, un magnífico falo de terracota coloreada y la inscripción *hic habitat felicitas* testimoniaban las precauciones supersticiosas contra el mal de ojo. Octavien también observó una tienda de amuletos cuyo escaparate estaba lleno de cuernos, de ramas de coral bifurcadas y de pequeños Príapos de oro, como todavía hoy en día se encuentran en Nápoles, para preservarse de la *jettatura*. Ya se sabe que una superstición dura más que una religión.

Siguiendo la acera que bordea todas las calles de Pompeya, y retira así a los ingleses la respetable paternidad de este invento, Octavien se encontró frente a frente con un agraciado joven, aproximadamente de su misma edad, vestido con una túnica de color azafrán y cubierto con un manto de fina lana blanca, mullida como la cachemira. Ver a Octavien, cubierto con el horroroso sombrero moderno, ceñido por la mezquina levita negra, con las piernas aprisionadas en los pantalones, los pies apretados por relucientes botas, pareció sorprender al joven pompeyano, como nos sorprendería encontrar, en el bulevar de Gand, un iowa o un botocudo, con sus plumas, sus collares de garras de oso y sus barrocos tatuajes. Sin embargo, como era un joven bien educado, no prorrumpió en risas ante Octavien, sino que se compadeció del pobre bárbaro perdido en esa ciudad grecorromana, y le dijo con voz vigorosa y sin embargo suave:

–*Advena, salve.*

No tenía nada de extraño que un habitante de Pompeya, bajo el reinado del divino, poderoso y augusto emperador Tito, se expresara en latín, y, sin embargo, Octavien se estremeció al oír esa lengua muerta en una boca viva. Entonces se congratuló de haber sido tan bueno en traducción inversa, y de haber obtenido menciones honoríficas al acabar el bachillerato. El latín aprendido en la universidad le servía en esta ocasión única y, recordando lo que había estudiado en clase, respondió al saludo del pompeyano al estilo de *De viris illustribus* y de *Selectae e profanis*, de una manera bastante inteligible, pero con un acento parisiense que hizo sonreír al joven.

—Quizás te será más fácil hablar en griego –dijo el pompeyano–.También sé esa lengua, ya que he estudiado en Atenas.

—Aún sé menos griego que latín –respondió Octavien–. Soy del país de los galos, de París, de Lutecia.

—Conozco ese país. Mi abuelo hizo la guerra en las Galias en tiempos del gran Julio César. Pero ¡qué extraño traje llevas! Los galos que he visto en Roma no iban vestidos así.

Octavien intentó hacer comprender al joven pompeyano que habían transcurrido veinte siglos desde la conquista de las Galias por Julio César, y que la moda había cambiado desde entonces; pero no consiguió hacerse comprender, a decir verdad su latín no era gran cosa.

—Me llamo Rufus Holconius, y mi casa es la tuya –dijo el joven–. A menos que prefieras la libertad de una hostería: se está bien en el albergue de Albino, cerca de la puerta del arrabal de Augusto Félix, y en la hospedería de Sarino, hijo de Publio, cerca de la segunda torre. Pero, si quieres, te serviré de guía en esta ciudad desconocida para ti. Me caes bien, joven bárbaro, aunque hayas intentado burlarte de mi credulidad afirmando que el emperador Tito, que hoy reina, está muerto desde hace dos mil años, y que el Nazareno, cuyos infames sectarios, embadurnados de pez, han iluminado los jardines de Nerón, reina sólo como amo y señor en el cielo desierto del que han caído los grandes dioses.

—¡Por Pólux! –añadió, observando una inscripción roja trazada en la esquina de una calle–. Llegas en buen momento, representan la *Casina* de Plauto, que acaban de reponer en el teatro. Se trata de una curiosa y graciosa comedia que te divertirá, aunque sólo comprendas la pantomima. Sígueme, casi es la hora; te haré colocar en el banco de los huéspedes y de los extranjeros.

Y Rufulus Holconius se dirigió hacia el teatro cómico que los tres amigos habían visitado durante el día.

El francés y el ciudadano de Pompeya tomaron las calles de la Fuente de la Abundancia, de los Teatros, costearon el colegio y el templo de Isis, el taller del estatuario, y entraron en el Odeón o teatro cómico por un acceso lateral. Gracias a la recomendación de Holconius, Octavien fue situado cerca del proscenio, un lugar que correspondería a nuestros palcos. Todas las miradas se volvieron inmediatamente hacia él con benévola curiosidad y un ligero susurro corrió por el anfiteatro.

La obra todavía no había comenzado. Octavien lo aprovechó para mirar la sala. Las gradas semicirculares, terminadas a cada lado por una magnífica pata de león esculpida en lava del Vesuvio, se iban ensanchando desde un espacio vacío que corresponde a nuestro patio de butacas, pero mucho más estrecho y pavimentado con un mosaico de mármoles griegos; una grada más ancha formaba, a tramos, una zona distintiva, y cuatro escaleras que correspondían a los accesos y que subían desde la base hasta lo más alto del anfiteatro lo dividían en cinco zonas más anchas por arriba que por abajo. Los espectadores, provistos del respectivo billete, que consistía en pequeñas láminas de marfil donde estaban designadas, claramente, la zona, la grada y la fila, con el título de la obra representada y el nombre del autor, llegaban fácilmente a sus asientos. Los magistrados, los nobles, los hombres casados, los jóvenes, los soldados, cuyos cascos de bronce se veían brillar, ocupaban filas separadas. Era un espectáculo admirable el de esas bellas togas y esos holgados mantos blancos bien drapeados, que se exhibían en las primeras gradas y que contrastaban con los adornos variados de las mujeres, situadas en la parte superior, y las capas grises de la gente del pueblo, relegada a los bancos más altos, cerca de las columnas que sostienen el tejado, y que dejaban ver, por los intersticios, un cielo de un azul intenso como el fondo de las panateneas. Una fina lluvia de agua aromatizada de azafrán caía de los frisos en gotitas imperceptibles y perfumaba el aire refrescándolo. Octavien recordó las emanaciones fétidas que vician la atmósfera de nuestros teatros, tan incómodos que parecen un lugar de tortura, y pensó que la civilización no había avanzado mucho.

El telón, sujeto por una viga transversal, se hundió en las profundidades de la orquesta, los músicos se instalaron en su tribuna, y el Prólogo apareció grotescamente vestido y con la cabeza cubierta por una máscara deforme, acomodada como un casco.

El Prólogo, después de haber saludado a la asistencia y solicitado los aplausos, comenzó una ocurrente argumentación. «Las viejas obras teatrales –decía– eran como el vino, que gana con los años, y la *Casina*, apreciada por los ancianos, no debía serlo menos por los jóvenes; todos podían divertirse con ella: unos porque la conocían, otros porque no la conocían. La obra, además, había sido repuesta con esmero, y convenía escucharla con el alma libre de cualquier preocupación, sin pensar en las deudas, ni en los acreedores, ya que no se arresta en el teatro. Era un día feliz, hacía buen tiempo y los alciones volaban sobre el foro». Seguidamente hizo un análisis de la comedia que los actores iban a representar, con un detallismo que manifiestaba que el factor sorpresa intervenía muy poco en el placer que los antiguos sentían por el teatro. Explicó cómo el viejo Stalino, enamorado de su bella esclava Casina, quiere casarla con su granjero Olimpio, esposo complaciente al que substituirá en la noche de bodas; y cómo Licostrata, la mujer de Stalino, para contrarrestar la lujuria de su vicioso marido, quiere unir a Casina con el caballerizo Chalino, con la idea de favorecer los amores de su hijo; finalmente la manera en que Stalino, burlado, confunde a un joven esclavo disfrazado con Casina, quien reconocida libre y de buen origen, se casa con el joven amo, al que ama y por el que es amada.

El joven francés miraba distraídamente cómo los actores, con sus máscaras con bocas de bronce, se afanaban por la escena; los esclavos corrían de un lado para otro con simulada prisa; el anciano movía la cabeza y extendía sus manos temblorosas; la matrona, en voz alta, el aspecto arisco y desdeñoso, se daba importancia y regañaba a su marido, con gran alborozo de la sala. Todos esos personajes entraban y salían por tres puertas situadas en la pared del fondo, que comunicaba con los aposentos de los actores. La casa de Stalino ocupaba un rincón del teatro, y la de su viejo amigo Alcésimo estaba enfrente. Los decorados, aunque muy bien pintados, eran más representativos de la idea de un lugar que del lugar en sí mismo, como los vagos bastidores del teatro clásico.

Cuando el cortejo nupcial que conducía a la falsa Casina hizo su entrada en el teatro, una immensa carcajada, como la que Homero atribuye a los dioses, circuló por todos los bancos del anfiteatro, y una salva de aplausos hizo vibrar los ecos del recinto. Oero Octavien ya no escuchaba ni miraba.

En la fila de bancos de las mujeres, acababa de descubrir una criatura de una belleza extraordinaria. A partir de aquel momento, los encantadores rostros que habían atraído su mirada se eclipsaron como las estrellas ante Febo; todo se desvaneció, todo desapareció como en un sueño; una neblina difuminó las gradas llenas de gente, y la voz chillona de los actores parecía perderse en un alejamiento infinito.

Había recibido en el corazón como una conmoción eléctrica, y le pareció que surgían chispas de su pecho cuando la mirada de aquella mujer se volvió hacia él.

Era morena y pálida; sus cabellos ondulados y rizados, negros como la noche, se recogían ligeramente hacia las sienes según la moda griega, y en su cara de un tono mate brillaban unos ojos oscuros y afables, con una indefinible expresión de tristeza voluptuosa y de tedio apasionado; su boca, desdeñosamente arqueada en las comisuras, contrastaba por el vivo ardor de su púrpura encendida con la blancura tranquila del rostro; su cuello presentaba esas bellas líneas perfectas que hoy en día sólo se encuentran en las estatuas. Sus brazos estaban desnudos hasta los hombros, y de la punta de sus soberbios senos, que levantaban su túnica de un rosa malva, nacían dos pliegues que parecían trabajados en el mármol por Fidias o Cleomenes.

La vista de aquel pecho de tan correcto contorno, de una copa tan perfecta, turbó magnéticamente a Octavien. Le pareció que aquellas redondeces se adaptaban perfectamente a la marca hueca del museo de Nápoles, que le había sumergido en un ensueño tan ardiente, y una voz le gritó en el fondo del corazón que aquella mujer era la mujer enterrada por la ceniza del Vesuvio en la casa de Arrio Diomedes. ¿Por qué prodigio la veía viva, asistiendo a la representación de la *Casina* de Plauto? No buscó una explicación. Por otra parte, ¿cómo podía estar él mismo allí? Aceptó su presencia como en el sueño se admite la intervención de personas muertas hace mucho tiempo y que actúan, sin embargo, con las apariencias de la vida. Además, su emoción no le permitía razonamiento alguno. Para él, la rueda del tiempo había salido de su eje y su deseo vencedor elegía su lugar entre los siglos desaparecidos. Se encontraba frente a frente con su quimera, una de las más inaccesibles, una quimera retrospectiva. Su vida se colmaba de repente.

Mientras miraba aquella cabeza tan tranquila y tan apasionada, tan fría y tan ardiente, tan muerta y tan vivaz, comprendió que tenía ante él a su primer y último amor, su copa de suprema embriaguez, sintió que se desvanecían como sombras ligeras los recuerdos de todas las mujeres que había creído amar y que su alma volvía a ser virgen de cualquier emoción anterior. El pasado desapareció.

Entretanto, la bella pompeyana, con la barbilla apoyada en la palma de la mano, dirigía a Octavien, aunque daba la impresión de interesarse por lo que sucedía en escena, la mirada aterciopelada de sus ojos nocturnos, y esa mirada le llegaba intensa y ardiente como un chorro de plomo fundido. Después se inclinó hacia una niña sentada a su lado.

La representación se acabó; la muchedumbre se retiró por los vomitorios. Octavien, desdeñando los amables servicios de su guía Holconius, se marchó por la primera salida que se ofreció a su paso. Apenas hubo llegado a la puerta, una mano se posó en su brazo, y una voz femenina le dijo en tono bajo, pero de tal forma que no se le escapó ni una sílaba:

—Soy Tiché Novoleja, criada de Arria Marcella, hija de Arrio Diomedes. Mi señora te ama, sígueme.

Arria Marcella acababa de subir a su litera transportada por cuatro fuertes esclavos sirios desnudos hasta la cintura, cuyos torsos de bronce brillaban al sol. La cortina de la litera se entreabrió, y una mano pálida, constelada de sortijas, hizo un gesto amistoso a Octavien, como para confirmar las palabras de la doncella. El pliegue púrpura volvió a caer, y la litera se alejó al paso de los esclavos.

Tiché hizo pasar a Octavien por caminos poco frecuentados, cruzando las calles con paso ligero por los espacios entre las piedras que unen las aceras y entre las cuales circulan las ruedas de los carros, y guiándose a través de aquel dédalo con la precisión que da la familiaridad con una ciudad. Octavien observó que atravesaba barrios de Pompeya aún no descubiertos por las excavaciones, y que le eran, en consecuencia, completamente desconocidos. Esa extraña circunstancia entre tantas otras no le sorprendió. Estaba decidido a no sorprenderse por nada. En toda esa fantasmagoría arcaica, que hubiera vuelto loco de felicidad a un anticuario, sólo veía los ojos negros y profundos de Arria Marcella y ese soberbio pecho vencedor del paso de los siglos, que incluso la destrucción ha querido conservar.

Llegaron a una puerta secreta, que se abrió y cerró enseguida, y Octavien se encontró en un patio rodeado de columnas jónicas de mármol griego, pintadas hasta la mitad de su altura de un amarillo vivo; el capitel estaba enriquecido con ornamentos rojos y azules; una guirnalda de aristoloquia colgaba sus anchas hojas verdes en forma de corazón de los salientes de la arquitectura como un arabesco natural, y, cerca de un estanque rodeado de plantas, un flamenco rosa se mantenía de pie sobre una pata, flor de pluma entre las flores vegetales.

Pinturas al fresco que representaban arquitecturas caprichosas o paisajes de fantasía decoraban las paredes. Octavien apreció todos esos detalles en un rápido vistazo, ya que Tiché le puso en manos de unos esclavos agüistas, que hicieron sufrir a su impaciencia todos los refinamientos de las termas antiguas. Después de haber pasado por los diferentes grados de vapor, soportado el rascador del estrigilario, notado que chorreaban por su cuerpo los cosméticos y los aceites perfumados, fue revestido con una túnica blanca, y reencontró en la siguiente puerta a Tiché, que le cogió de la mano y le condujo a otra sala exuberantemente decorada.

En el techo estaban pintados, con gran perfección de líneas, profusión de colores y una libertad de pincelada que dejaban presentir a un gran maestro y no a un simple decorador, de técnica vulgar, Marte, Venus y el Amor; un friso compuesto por ciervos, liebres y pájaros que retozaban entre el follaje, se erigía sobre un revestimiento de mármol cipolino; el mosaico del pavimento, maravilloso trabajo realizado seguramente por Sósimo de Pérgamo, representaba restos de un banquete, ejecutado con tal arte que parecían reales.

En el fondo de la sala, en un biclinio o cama para dos personas, estaba reclinada Arria Marcella en una pose voluptuosa y serena que recordaba a la mujer recostada de Fidias en el frontón del Partenón. Sus zapatos, bordados de perlas, yacían tirados junto al lecho, y su hermoso pie desnudo, más perfecto y más blanco que el mármol, despuntaba del extremo de una ligera manta de biso que la recubría.

Dos pendientes en forma de balanza y con perlas en cada platillo temblaban a la luz a ambos lados de sus pálidas mejillas; un collar de argollas de oro, con cuentas en forma de pera, relucía en su pecho semidescubierto por el descuidado pliegue de un peplo de color paja bordado con una cenefa negra; una cinta negra y dorada brillaba entre sus cabellos de ébano, ya que se había cambiado de vestido al volver del teatro; y alrededor de su brazo, como el áspid alrededor del brazo de Cleopatra, una serpiente de oro, cuyos ojos eran piedras preciosas, se enrollaba varias veces e intentaba morderse la cola.

Una mesita con patas de grifos, incrustada de nácar, de plata y marfil, estaba colocada cerca del biclinio, con diferentes manjares servidos en fuentes de plata y de oro o de terracota esmaltada con preciosas pinturas. En ellas se veía un faisán recostado en sus plumas y diversidad de frutos que por su carácter estacional nunca pueden encontrarse juntos.

Todo parecía indicar que se esperaba a un invitado; flores frescas tapizaban el suelo, y las ánforas de vino estaban sumergidas en urnas llenas de nieve.

Arria Marcella hizo un gesto a Octavien para que se tumbara a su lado en el biclinio y participara de la comida. El joven, medio trastornado de sorpresa y de amor, tomó al azar algunos bocados de las fuentes que le tendían jóvenes esclavos asiáticos de pelo rizado y túnica corta. Arria no comía, pero varias veces se llevó a los labios un múrrino, de tonos opalinos, lleno de un vino de un púrpura oscuro como sangre coagulada. A medida que bebía, un imperceptible vapor rosa subía a sus pálidas mejillas, desde su corazón que no había latido desde hacía tantos años. Sin embargo, su brazo desnudo, que Octavien rozó al levantar la copa, estaba frío como la piel de una serpiente o el mármol de una tumba.

–¡Oh! Cuando te detuviste en el Museo Studii a contemplar el trozo de barro endurecido que conserva mi forma –dijo Arria Marcella, dirigiendo su intensa mirada húmeda hacia Octavien–, y cuando tu pensamiento se elevó ardientemente hacia mí, mi alma lo sintió en este mundo en el que fluctúo, invisible para los ojos corrientes. La creencia hace al dios y el amor hace a la mujer. No estamos verdaderamente muertas hasta que dejamos de ser amadas; tu deseo me ha devuelto la vida, la poderosa evocación de tu corazón ha suprimido las distancias que nos separaban.

La idea de evocación amorosa que expresaba

la joven encajaba con las creencias filosóficas de Octavien, creencias que no estamos lejos de compartir.

En efecto, nada muere, todo existe siempre; ninguna fuerza puede aniquilar lo que una vez existió. Cualquier acción, cualquier palabra, cualquier forma, cualquier pensamiento caído en el océano universal de las cosas produce en él círculos que van ensanchándose hasta los confines de la eternidad. La figuración material desaparece únicamente para las miradas vulgares, y los espectros que se desprenden de ella pueblan el infinito. Paris continúa raptando a Helena en una región desconocida del espacio. La galera de Cleopatra alza sus velas de seda en el azul de un Cydnus ideal. Algunos espíritus apasionados y fuertes han podido hacer volver hasta ellos siglos aparentemente desaparecidos y han podido hacer revivir personajes muertos para todos. Fausto ha tenido por amante a la hija de Tíndaro, y la ha conducido a su castillo gótico, desde el fondo de los abismos misteriosos del Hades. Octavien acababa de vivir un día bajo el reinado de Tito y había logrado el amor de Arria Marcella, hija de Arrio Diomedes, acostada en ese momento junto a él en un lecho antiguo, en una ciudad destruida para todo el mundo.

–Por mi desapego respecto a las otras mujeres –respondió Octavien–, por el invencible hechizo que me arrastraba hacia los tipos femeninos que viven en el fondo de los siglos como estrellas provocadoras, comprendía que sólo amaría fuera del tiempo y del espacio. Era a ti a quien yo esperaba, y ese débil vestigio conservado por la curiosidad de los hombres, por su secreto magnetismo, me ha puesto en contacto con tu alma. No sé si eres un sueño o una realidad, un fantasma o una mujer, no sé si como Ixión abrazo una nube contra mi pecho, si soy el juguete de un vil artificio de brujería, pero de lo que sí estoy seguro es de que serás mi primer y último amor.

–Que Eros, hijo de Afrodita, escuche tu promesa –dijo Arria Marcella, inclinando la cabeza en el hombro de su amante, que la alzó y abrazó apasionadamente–. ¡Oh, estréchame contra tu joven pecho, envuélveme en tu tibio aliento, tengo frío por haber permanecido tanto tiempo sin amor!

Y Octavien sentía cómo palpitaba contra su corazón aquel bello seno cuyo molde había admirado aquel mismo día a través del cristal de un armario de museo; el frescor de este hermoso cuerpo le atravesaba la túnica y le abrasaba. La cinta dorada y negra se había soltado de la cabeza de Arria, echada hacia atrás apasionadamente, y sus cabellos se esparcían como un río negro sobre la almohada azul.

Los esclavos se habían llevado la mesa. No se oyó más que un ruido confuso de besos y de suspiros. Las codornices domésticas, despreocupadas de esa escena amorosa, picoteaban, en el pavimento de mosaico, las migajas del festín, mientras daban pequeños gritos.

De repente las argollas de bronce de la cortina

que cerraba la habitación se deslizaron sobre su barra, y un anciano de aspecto severo y cubierto por un amplio manto marrón apareció en el umbral. Su barba gris estaba separada en dos puntas como la de los nazarenos, su rostro parecía surcado por la fatiga de las mortificaciones. Una crucecita de madera negra le colgaba del cuello y no dejaba duda alguna sobre sus creencias religiosas: pertenecía a la secta, entonces muy reciente, de los discípulos de Cristo.

Al verlo, Arria Marcella, terriblemente confusa, ocultó su cara bajo un pliegue de su manto, como un pájaro que esconde la cabeza bajo el ala ante un enemigo que no puede soslayar, para ahorrarse al menos el horror de verlo; mientras Octavien, apoyado sobre los codos, miraba fijamente al fastidioso personaje que rompía tan bruscamente su felicidad.

–Arria, Arria –dijo el austero personaje en tono de reproche–, ¿tu vida no te bastó para tus excesos, y necesitas que tus infames amores invadan siglos que no te pertenecen? ¿No puedes dejar a los vivos en su esfera? ¿Tu ceniza todavía no se ha enfriado desde el día en que moriste sin arrepentirte bajo la lluvia de fuego del volcán? Dos mil años de muerte no te han calmado, y tus brazos voraces atraen hacia tu pecho de mármol, sin corazón, a pobres insensatos embriagados por tus filtros.

–Arrio, piedad, padre mío, no me atormentes, en nombre de esa sombría religión que no fue nunca la mía. Yo creo en nuestros antiguos dioses que amaban la vida, la juventud, la belleza, el placer; no me sumas de nuevo en la pálida nada. Déjame gozar de esta existencia que el amor me ha devuelto.

–Cállate, impía, no me hables de tus dioses que son demonios. Deja marchar a este hombre encadenado por tus impuras seducciones; no le atraigas fuera del círculo de la vida que Dios le ha proporcionado; vuelve a los limbos del paganismo con tus amantes asiáticos, romanos o griegos. Joven cristiano, abandona esta larva que te parecería más repelente que un vampiro y un diablo, si pudieras verla tal como es.

Octavien, pálido, helado de miedo, quiso hablar, pero la voz quedó pegada a su garganta, según la expresión virgiliana.

–¿No me obedecerás, Arria? –gritó imperativamente el anciano.

–No, nunca –respondió Arria, con los ojos brillantes, las aletas de la nariz dilatadas y los labios temblorosos, mientras rodeaba el cuerpo de Octavien con sus dos hermosos brazos de estatua, fríos, duros y rígidos como el mármol.

Su impetuosa belleza, exasperada por la discusión, brillaba con un resplandor sobrenatural en ese momento supremo, como para dejar a su joven amante un ineluctable recuerdo.

–Vamos, desgraciada –repuso el anciano–. veo que necesitaré recurrir a procedimientos excepcionales, y tendré que enseñar tu nada palpable y visible a este muchacho fascinado.

Y pronunció en un tono muy autoritario una

fórmula de exorcismo, que hizo desvanecerse de las mejillas de Arria los matices purpúreos que el vino rojo del recipiente de murrino había provocado.

En ese momento, la campana lejana de uno de los pueblos que bordean el mar o de las aldeas perdidas en la falda de la montaña dejó oír los primeros repiques de la Salutación Angélica.

Ante ese sonido, un suspiro de agonía salió del pecho destrozado de la joven. Octavien sintió que se soltaban los brazos que le rodeaban; los ropajes que la cubrían se replegaron sobre sí mismos, como si los contornos que los sostenían hubieran desaparecido, y el desdichado paseante nocturno únicamente vio a su lado, en la cama del festín, una pizca de ceniza mezclada con algunos huesos calcinados entre los cuales brillaban brazaletes, y joyas de oro, y restos informes, tal como debieron descubrirlos al quitar los escombros de la casa de Arrio Diomedes.

Dio un grito terrible y perdió el conocimiento.

El anciano había desaparecido. Estaba amaneciendo, y la sala que un instante antes estaba adornada con tanta brillantez no era ya sino una ruina arrasada.

Después de haber dormido un sueño pesado por las libaciones de la víspera, Max y Fabio se despertaron sobresaltados, y su primera diligencia fue llamar a su compañero, cuya habitación era contigua a las suyas, por medio de una de esas contraseñas burlonas que a veces se usan de común acuerdo cuando se va de viaje. Octavien, evidentemente, no respondió. Fabio y Max, al no recibir respuesta, entraron en la habitación de su amigo, y vieron que la cama no había sido deshecha.

–Se habrá dormido en alguna silla –dijo Fabio–, sin haber podido llegar al lecho. Y es que nuestro querido Octavien no es muy fuerte; habrá salido temprano para disipar los vapores del vino con el frescor matutino.

–Sin embargo, apenas bebió –añadió Max a modo de reflexión–. Todo esto me parece bastante extraño. Vamos a buscarle.

Los dos amigos, con la ayuda del cicerone, recorrieron todas las calles, cruces, plazas y callejones de Pompeya, entraron en todas las casas curiosas donde supusieron que Octavien podía estar distraído copiando una pintura o transcribiendo un epígrafe, y finalmente lo encontraron desvanecido sobre el mosaico desajustado de una pequeña habitación medio derrumbada. Les costó mucho hacerle volver en sí, y, cuando hubo recobrado el conocimiento, dio como única explicación que se le había ocurrido ver Pompeya al claro de luna, y que le había dado un síncope que, sin duda, no tendría mayores consecuencias.

El pequeño grupo volvió a Nápoles en tren, tal como había venido, y aquella noche, en su palco del San Carlo, Max y Fabio contemplaban, con ayuda de gemelos, cómo brincaban, imitando a Amalia Ferraris, la bailarina entonces en voga, un enjambre de ninfas con calzones de un horrible color verde, bajo las faldas de gasa, que hacían que parecieran ranas picadas por la tarántula. Octavien, pálido, con la mirada confusa y con una actitud consternada, no parecía darse cuenta de lo que pasaba en el escenario, y es que, después de las maravillosas aventuras de la noche, le costaba recobrar el sentido de la vida real.

A partir de esa visita a Pompeya, Octavien fue presa de una melancolía taciturna, que el buen humor y las bromas de sus amigos agravaban más que aliviaban. La imagen de Arria Marcella le seguía a todas partes, y el triste desenlace de su buena suerte fantástica no consiguió destruir su encanto.

Como no podía contenerse, regresó secretamente a Pompeya y se paseó, como la primera vez, por las ruinas, al claro de luna, con el corazón palpitante de insensata esperanza, pero la alucinación no se repitió. Vio únicamente lagartos que huían por entre las piedras; oyó únicamente el piar de aves nocturnas espantadas; no reencontró a su amigo Rufus Holconius; Tiché no posó su mano delicada sobre el brazo; Arria Marcella permaneció obstinadamente en el polvo.

Como último recurso, Octavien se ha casado hace poco con una joven y encantadora inglesa, que está muy enamorada de él. Él actúa de forma perfecta con su mujer; sin embargo Ellen, con ese instinto de corazón que nada engaña, nota que su marido está enamorado de otra; pero ¿de quién? El espionaje más activo no ha podido descubrirlo. Octavien no tiene amantes. En sociedad, únicamente dirige a las mujeres banales galanterías;

incluso ha respondido muy fríamente a las claras insinuaciones de una princesa rusa, célebre por su belleza y su coquetería. Un cajón secreto, abierto durante la ausencia del marido, no ha proporcionado ninguna prueba de infidelidad a las sospechas de Ellen. Pero ¿cómo iba a ocurrírsele estar celosa de Marcella, hija de Arrio Diomedes, libertado por Tiberio?

Índice

Prólogo ... 5
La cafetera ... 17
Onfale ... 31
La muerta enamorada ... 47
El pie de momia ... 95
Arria Marcella ... 115

Este libro se terminó de imprimir
en los talleres de LiberDuplex de Barcelona,
en el mes de julio de 1999.